小嗝嗝．何倫德斯．黑線鱈三世被綁架了，身上除了頭盔、一把劍、背心，還有一條毛茸茸的小泳褲之外，什麼都沒有！

但現在他沒空擔心自己的衣著，他和好朋友魚腳司跟神楓被困在美國夢二號上，必須逃離野蠻的瘋子諾伯，還得躲過冰冷海水裡殘暴的「北極蛇龍」。

更麻煩的是，小嗝嗝還答應要幫助被奴役的流浪者逃離那艘船！他該怎麼在不被恐怖綁匪發現的情況下，帶著朋友和一百二十二名流浪者逃離這艘船？

和小嗝嗝一起展開冒險吧

（雖然他還沒發現自己已經開始冒險了……）

失落的王之寶物預言

「龍族時日即將到來，

只有王能拯救你們。

偉大的王將是英雄中的英雄。

集齊失落的王之寶物者，將成為君王。

無牙的龍、我第二好的劍、

我的羅馬盾牌、

來自不存在之境的箭矢、

心之石、萬能鑰匙、

滴答物、王座、王冠。

最珍貴的第十樣，

是能拯救人類的龍族寶石。」

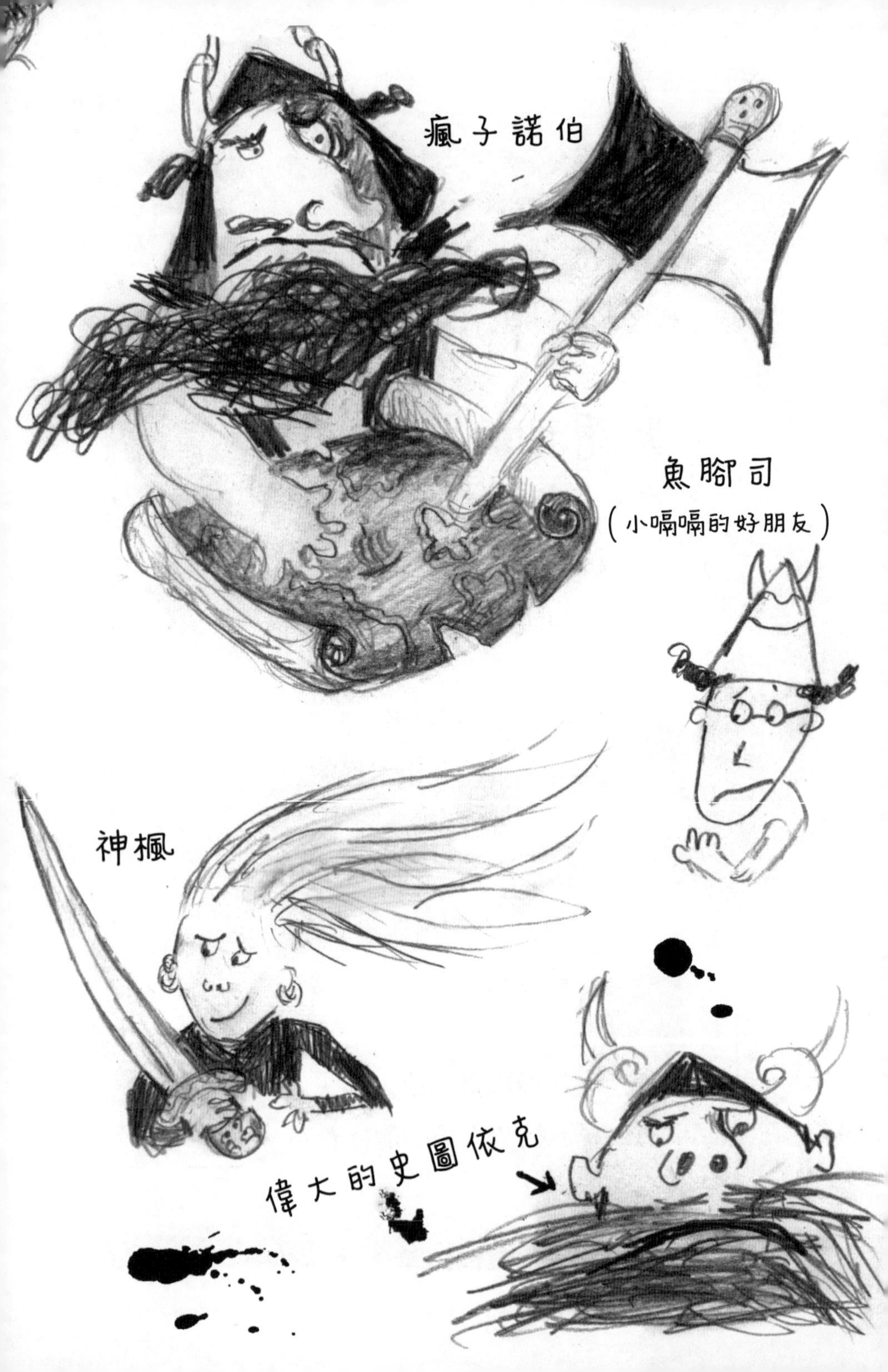
瘋子諾伯
魚腳司
（小嗝嗝的好朋友）
神楓
偉大的史圖依克

小嗝嗝
沒牙
暴飛飛
鼻涕粗
大胸
柏莎
凶殘瘋肚
瘋肚的助手
齙潰瘍

再次感謝萊蒂特、安德莉亞、
我妹妹愛蜜莉，還有最重要的
賽門、梅西、克萊米和札尼。

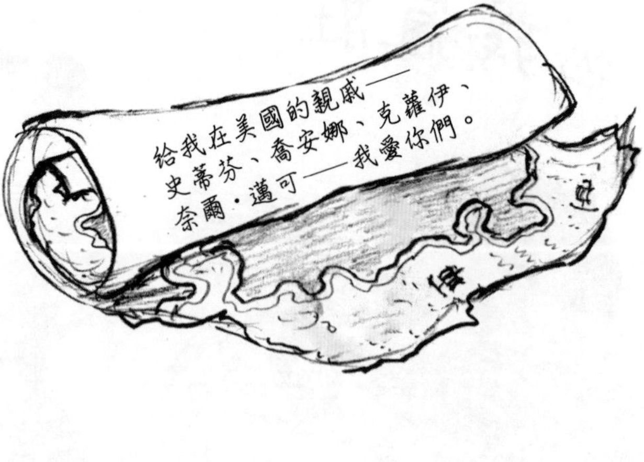

給我在美國的親戚——
史蒂芬、喬安娜、克蘿伊、
奈爾・邁可——我愛你們。

HOW TO TRAIN YOUR DRAGON

馴龍高手 VII

巨魔龍與奴隸船

How To Ride A Dragon's Storm

克瑞希達・科威爾
Cressida Cowell

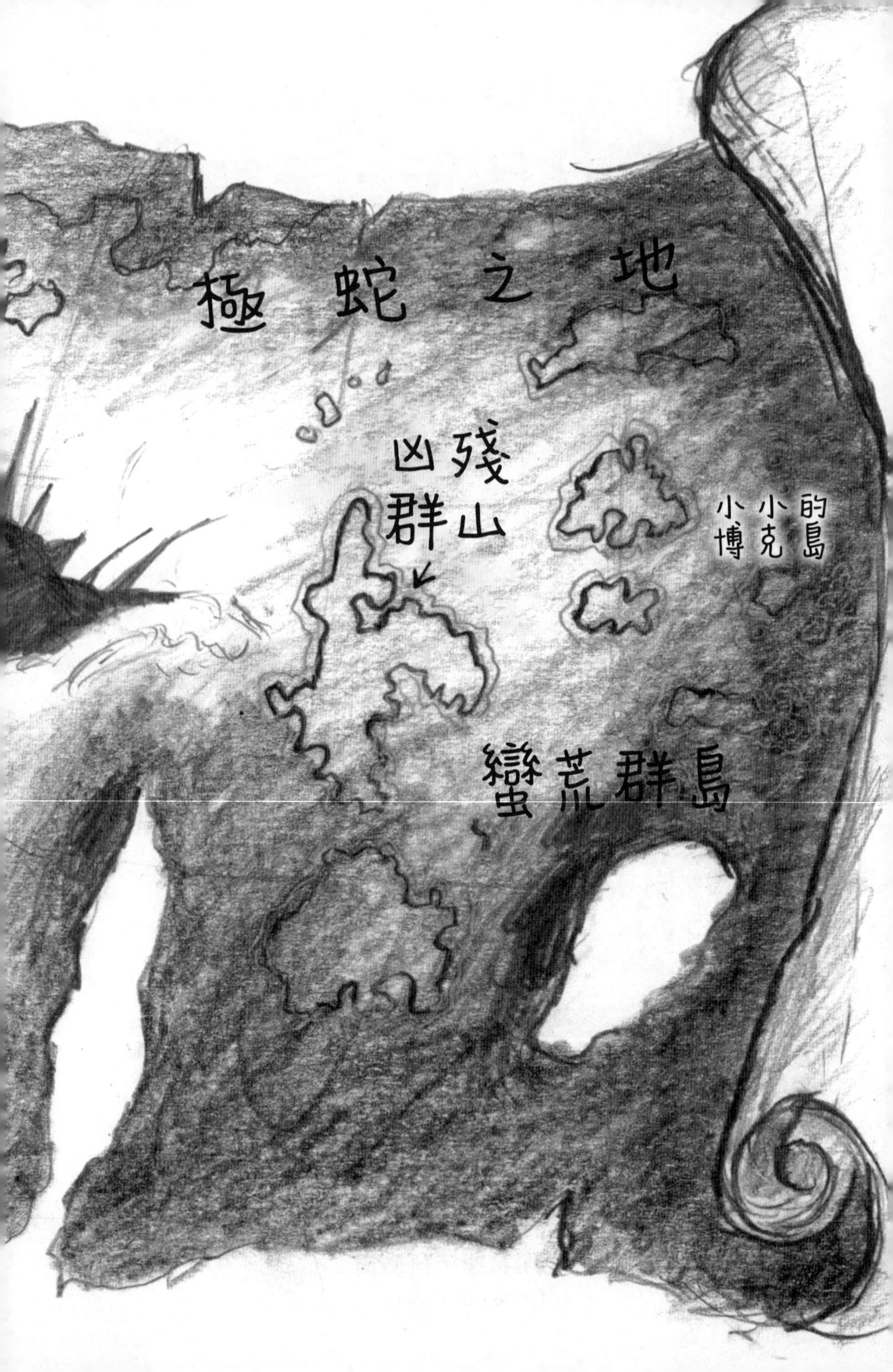

極蛇之地
凶殘群山
小博小克的島
蠻荒群島

美洲
大西洋
南美洲

N
E
S
W

目錄

我們
完蛋了！
完蛋了啊！
是這根
手指告訴我
的……

小熊阿嬷的詛咒

很久以前，有個小男孩在作夢。

他夢到自己奔跑在故鄉美麗的白色荒野，雪地潔白無瑕，讓人實在捨不得踩上去。跑著跑著，他的腿突然變得又累又重、動彈不得……有什麼東西把他往回拉……是什麼？

他醒了過來，睜開眼睛，發現這裡離家鄉十萬八千里，他躺在一艘大船甲板下的黑暗空間。

這個男孩名叫小熊，來自北方流浪者部族。小熊以前不是奴隸，短短兩週以前，他還能在遼闊美麗的冰雪荒原玩耍，和冰原裡的北極熊和海豹一樣自由自在。對了，他的族人打獵時會去抓海豹和北極熊回來吃，還用牠們的毛皮保暖。

但後來，維京人來了。

維京人趁流浪者睡覺時突襲，把他們抓上維京船、遠離家鄉。自此之後，小熊再也沒有好好吃過一頓飯，而且對他這麼好動又愛跑步的男孩來說，不能走動真的太難受了。

維京人來襲時，小熊的父親跟著狩獵隊出門了，所以沒有被抓上船。

「父親，救我，」黑暗中，小熊用族語悄聲說。「父親，拜託來救我……」

「哈！」小熊可怕的阿嬷也被鎖鏈綁著，躺在他身旁。她沙啞的笑聲充滿絕望與憤怒。「你父親不知道你在哪裡，他不可能來救你。諸神一定忘了我們，才會讓這種事情發生。天底下所有的維京人都是垃圾。」黑暗中是她用族語怒罵的聲音。「我這輩子從未遇過好維京人，他們殘暴邪惡又奸詐……可惡，要是現在有維京人出現在我面前，我一定要狠狠修理他，把他的肝臟吃掉。我要詛咒這趟旅程，詛咒這艘船上的每一個人……」

「**我們**也在船上耶，」小熊用族語指出。「妳詛咒這趟旅程，我們可能也完蛋了。」

「**你**不准沒大沒小！」阿嬤凶巴巴地用族語說（如果你跟愛罵人、愛詛咒別人的阿嬤綁在一起，應該也會覺得很討厭）。「我們**已經**完蛋了……不行，我們現在只能憎恨，還有詛咒……」

小熊的阿嬤帶著所有流浪者一起憎恨、一起詛咒，一起想著要吃別人肝臟，在甲板下搖搖晃晃的昏暗空間裡怒號。

「**上面的傢伙，你們給我等著瞧！**」阿嬤像狼一樣，用族語對著天花板號叫。「**我告訴你們，你們要是不小心從艙口掉下來，就等著被我們**

撕成碎片！」

只有小熊默不作聲，在黑暗中，沒有人看到緩緩沿著他臉頰滑落的淚水，這其實是好事，因為流浪者都該擁有北極熊的心，怎麼可以哭呢？

他在心中一次又一次重複說：「**父親，拜託你，拜託來救我……諸神，拜託祢們，拜託拜託拜託來幫我……拜託……誰都可以……有誰聽得到我的聲音……救我……救我……救我……**」

第一章　正統的維京人游泳比賽

蠻荒群島一個寒冷的春天，小嗝嗝・何倫德斯・黑線鱈三世——毛流氓部族未來的希望與繼承人——正難過地站在凶殘群山的西海灘，身上除了頭盔、一把劍、背心和一條毛茸茸的小泳褲之外，什麼都沒有。

不管是什麼日子，你都不會想去凶殘群山，這地方有一看就很險惡的高峰、上頭住著極為危險的龍族與變種狼，更別提蠻荒世界最殘暴無情的維京部族——凶殘部族。光是來到這裡，小嗝嗝就忍不住全身發抖。

很少有人拜訪凶殘部族，也許是因為他們喜歡把入侵者獻祭給凶殘山頂的天空龍，大家都嚇得不敢接近他們。

凶殘瘋肚今天難得當東道主，歡迎毛流氓與沼澤盜賊到他的島上，舉行友好的族際游泳比賽。

這是**維京人**傳統的游泳比賽，既然維京人有點瘋狂，游泳當然要帶著長劍、戰斧、匕首等武器。

他們似乎都沒想到自己帶著武器游

泳，可能會往下沉。

於是，凶殘部族、毛流氓部族與沼澤盜賊部族的全體戰士都在滑溜的卵石灘跳上跳下，努力假裝自己沒有冷得半死。山上傳來變種狼愉悅的號叫聲。

一陣強勁的東風吹得小嗝嗝瘦巴巴、滿布雀斑的手臂起雞皮疙瘩，有些人的頭盔、斗篷與長劍被風吹走，在海灘上滾來滾去。小狩獵龍沒牙一飛起來就有被吹走

的危險。

沒牙是隻體型特別嬌小的普通花園龍，有著一雙看似無辜的青梅色大眼睛。

「如果沒牙是你，今天不、不、不會去游泳。」牠告訴小嗝嗝。「水很冷、冷、冷耶，沒牙剛剛進水裡，翅膀差點被凍僵了。」

「謝啦，沒牙。」小嗝嗝說（小嗝嗝是難得會說龍語的維京人，能用龍族的語言和牠們溝通）。「謝謝你超——棒的建議，我會銘記在心的。」

負責博克島海盜訓練課程的老師打嗝戈伯脫得只剩小內褲，正在大口呼吸，彷彿寒風是和煦的薰風。「真是適合游泳的好天氣！」他愉快地高吼，邊用拳頭敲擊自己胸口，簡直像隻紅髮大猩猩。「男孩們都給我過來，立正站好，我來

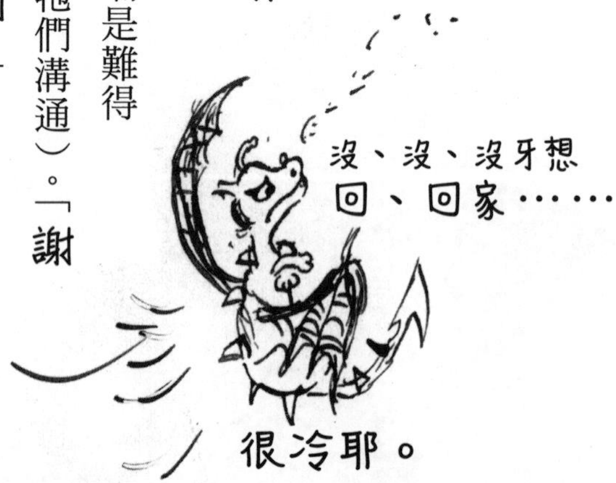

說明比賽規則……」

十二個不停發抖的男孩在老師面前排成一排。

「大家聽好了！」戈伯大聲說。「正統的維京人游泳比賽，和大陸那種可笑的比賽不一樣，我們要測試你們的**耐力**，你們的**力量**，還有你們**敢死的勇氣**……」

「天啊。」小嗝嗝的好朋友魚腳司哀怨地說。參加海盜訓練課程的孩子當中，只有他比小嗝嗝更不擅長維京人的各種活動，他的腿像兩根軟趴趴的麵條，還不會游泳。「聽起來一點也不棒……」

「在正統的維京人游泳比賽中，」戈伯接著說。

「**最後**游完的人才是贏家。」

男孩們紛紛驚呼，還有人說：「老師，不會吧，怎麼可能？」

「既然這樣，」手臂肌肉糾結、刺了很多骷髏頭刺青的大惡霸——鼻涕臉鼻涕粗——譏諷道。「沒用的小嗝嗝一定能輕鬆獲勝，反正他做什麼都最後一名……」

　小嗝嗝單腳站立，試著擠出笑容卻摔倒在沙地上。

「哈！」戈伯笑嘻嘻地，興奮到鬍子都豎了起來。他用手指輕點鼻頭。「小子們，事情沒你們想得那麼簡單……所有人從海灘出發，開始游泳，之後要比膽量——誰能游得最遠、最久、最深，最後還能活著回來？幾百年來，有很多戰士太驕傲，錯估了**回程**這一趟，結果就溺死了……」

「好棒喔……」魚腳司哀怨地說。

「不過往好處想，只要是在游泳比賽溺死的人，死後都可以直接去英靈神殿報到。」戈伯微笑著說，說得好像這是他送大家的精美禮物。

「喔喔喔喔喔喔喔。」男孩們開心地嚷嚷。

「**一群瘋子**。」魚腳司呻吟著在風中搖晃，像極了隨時會斷掉的小樹。「我們整個部族都是『瘋子』，只有我們

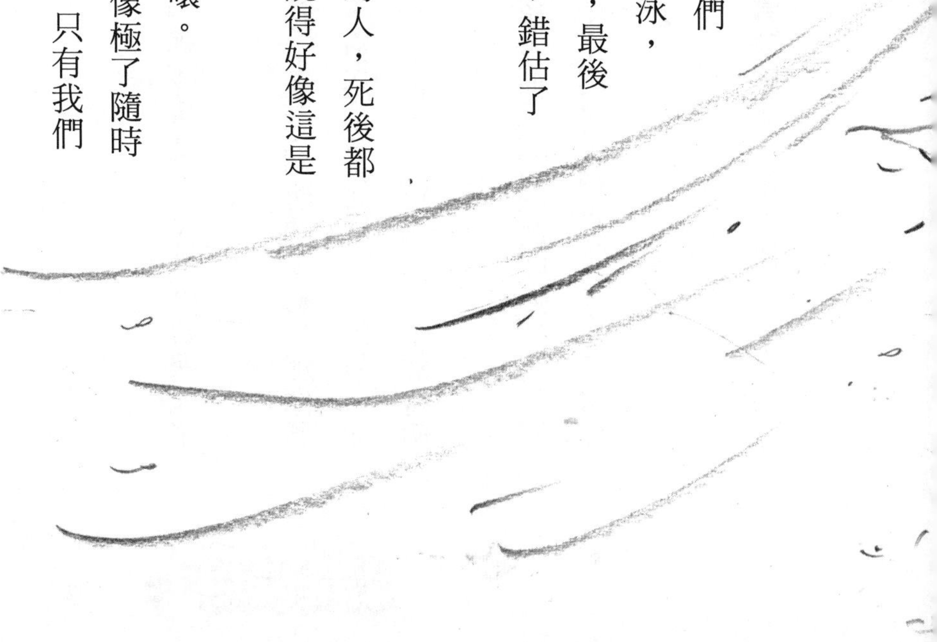

兩個正常人。」

「大家有什麼問題嗎？」戈伯大吼。

小嗝嗝舉手。「老師，我有個小問題。我們應該游個五分鐘就會凍死了吧？」

「你是廢物嗎！」戈伯罵道。「大家不是都在身上塗肥翅龍油了嗎？那你們就應該能保暖，就算很冷也不會到**凍死**的地步……但冷也是比賽的一部分，你們要用技巧和判斷力，在海裡撐到比賽結束……可是也不能待太久，不然會凍死。」

戈伯在一排男孩面前徘徊，趁比賽開始前檢查他們的身體狀況。「鼻涕粗，很好，很帥氣……小悍夫那特，頭要抬高……阿呆，你是不是忘了帶什麼？」

「老師，我有帶劍啊。」阿呆說。

「你是有帶劍沒錯，」戈伯說。「可是你**沒有**穿泳衣。還不快穿上你的泳褲……我不覺得雷神索爾會歡迎你全裸著進英靈神殿，那畫面我真是不敢想像……」

他繼續一個個男孩檢查過去，在魚腳司面前猛然停下腳步。

「**你**，」戈伯惡狠狠地大吼。「我的老索爾啊，你戴的那是什麼鬼東西？」

「報告老師，這是游泳臂圈。」魚腳司目不斜視地回答。

「報告老師，魚腳司不會游泳，」小嗝嗝幫好朋友說話。「所以我們用豬膀胱幫他做了臂圈，才不會沉到水

幸好毛流氓部族的孩子們都很體貼……
哈！哈！哈！
哈！哈！

裡。」

「像石頭一樣。」魚腳司補充道。

「唉呀，我的老奧丁啊，」戈伯氣沖沖地說，「**那東西**要是給凶殘部族看到了還得了？魚腳司，我的斗篷借你，快把那個遮住，別被人看見。唉，雷神索爾啊，幫幫我……」

「好，大家都把狩獵龍帶在身邊了嗎？」戈伯大喊。

男孩們都帶自己的狩獵龍來了，一群小龍窩在海灘，用翅膀遮風擋雨。

「你們游泳的時候，狩獵龍可以飛在上方，這樣其他人在海灘上才看得到你們。你們的狩獵龍還可以趕走鯊魚啊、闇息龍之類的掠食動物……好，原地解散吧，去準備比賽了。大概五分鐘後在起跑線集合。」

男孩們正在做最後的準備，興奮地聊天。

「你好啊，兩位『廢物』。」鼻涕粗冷笑著說。他這個人個子很高、性格惡劣，鼻孔大到能塞下一整條黃瓜（沒牙實驗過），嘴脣與鼻孔之間有類似毛茸茸小毛毛蟲的噁心東西，那是剛長出來的小鬍鬚。

「小嗝嗝小寶寶有沒有練習狗爬式啊……」

他用力推了小嗝嗝一把，害小嗝嗝摔倒在沙地上。

「嘿嘿嘿……」無腦狗臭——鼻涕粗討人厭的朋友——嗤笑幾聲。狗臭長得有點像吃太多甜甜圈的大猩猩，而且是戴著泳鏡的大猩猩。

「很好笑嘛，鼻涕粗。」小嗝嗝吐出滿嘴的沙子說。

「你們兩個平常都是最後一名……」鼻涕粗譏諷道。「這說不定是你們唯一可以拿**第一名**的機會……你們至少試著游遠一點，別馬上像膽小的浮游生物一樣爬回岸邊，行不行？別害我們這些『正統』毛流氓丟臉……對了，魚腳司，你的臂圈很好看喔……」

狗臭搶過魚腳司手中那鍋黏糊糊的綠色肥翅龍油脂，全部倒在魚腳司頭上

後，和鼻涕粗大搖大擺地走遠。鼻涕粗實在沒什麼文化素養，他看到魚腳司滿頭肥翅龍油就笑得捧腹大笑，幾乎無法走路。

「希望他被闇息龍吃掉。」魚腳司悶悶不樂地說。他取下眼鏡，試圖用泳褲一角擦掉鏡片上的肥翅龍油，卻抹得鏡片上全都是綠色油脂，根本看不到鏡片另一側的事物。

「就算吃下去了，也會馬上被吐出來。」小嗝嗝更鬱悶地說。他想抹掉身上的沙粒，可是肥翅龍油太黏了，沙子都弄不掉。「他一定超難吃的。」

嗚嗚嗚嗚——！

凶殘部族的樂手吹號角召集參賽者，游泳比賽即將開始……

肥翅龍油黏在玻璃上，
戴著眼鏡彷彿隔著淺綠色
霧水看東西

第二章　願最胖（又最不笨）的男人（或女人）勝利

小嗝嗝的父親和外公都來祝孩子們好運。

小嗝嗝父親——偉大的史圖依克．聽到這個名字就盡情發抖吧．咳．呸——是毛流氓部族的族長，他有典型的維京人身材，身高六呎半，肚子和戰船一樣大，兩條毛茸茸的眉毛被風吹得動來動去，像兩隻不停翻筋斗的黃金鼠。他熱忱得令人頭疼，心中充滿春季的喜悅。

「真是個適合辦游泳比賽的好日子！」他高興地大吼。

「請容我持保留態度。」小嗝嗝的外公老阿皺說。老阿皺是這次比賽的裁判之一，他年紀很大了，整個人像個皺巴巴的牡蠣，過去九十年蠻荒群島的狂風把他吹得背都彎了。他長長的白鬍子拖在身後，黏到海灘上的貝殼和海草。

老阿皺一直想說服史圖依克不要參賽。

「我最近在窺探未來，看到不好的預兆。」老翁悄聲說。

「**胡說八道！**」大塊頭史圖依克嗤之以鼻。「老阿皺，全世界都知道你最不會占卜了，我今天絕對會贏。」史圖依克一點也不謙虛。「可是小嗝嗝，我還是希望你能打敗鼻涕臉鼻涕粗，或者之類的……」

鼻涕臉鼻涕粗是小嗝嗝的堂哥，身高比小嗝嗝高一呎半，肌肉比小嗝嗝結實許多，而且不管做什麼事，幾乎都比小嗝嗝厲害。要小嗝嗝在游泳比賽中贏過鼻涕粗，談何容易？

可是史圖依克通常都不會注意這種事。

他親切地打了小嗝嗝肩膀一下。「兒子啊，我**相信**你可以的！」他興奮地說。「你個子小，可是很精實！你的腿是稍微瘦了一點，可是你奇形怪狀的膝蓋遺傳到何倫德斯・黑線鱈家的『毅力』！孩子，你要記得一件事，」史圖依

「願最胖的男人勝利！」

小嗝嗝的父親
偉大的史圖依克

滴答滴答滴答滴答滴滴答滴答滴答滴答滴答滴答滴答

克抓住小嗝嗝兩邊肩膀，盯著他的眼睛說。「跟著我唸一次：**一直打水就對了！**」

「一直打水就對了。」小嗝嗝慢慢說。

「**大聲一點！**」史圖依克大喊著對空揮拳。

「**一直打水就對了！**」小嗝嗝高呼一聲，跟著對空氣揮拳。

「就是這樣！」史圖依克眉開眼笑。「我知道你一定能讓我驕傲，所以別讓我失望啊！」說完，他笑著大步走遠。

老阿皺和小嗝嗝看著史圖依克快步離開，一起嘆息一聲。

「史圖依克其實是個好孩子，」老阿皺有氣無力地說。「可是他**從來**不聽別人說話。」

「對啊，」小嗝嗝難過地說。「他都不聽我講話。我根本不可能贏過鼻涕粗嘛。」

老阿皺明亮、銳利的眼光落在孫子臉上。「等比賽結束，我們就知道了。」他說。「小嗝嗝，我有個很重要的問題要問你：**你有把滴答物帶在身上嗎？**」

「有。」小嗝嗝詫異地回答。

滴答物是個奇怪的圓形物品，前面像冰一樣堅硬卻透明，透明層後面是各種繞圈排列的奇怪符文，還有七根不同顏色的箭頭。

小嗝嗝發現滴答物有很多功能，一支箭頭好像能報時，一支會一直指向北方，在你迷路時非常有幫助。由於今天感覺會變天，還有持續吹來的東風，可能會把人吹離原本的路線，小嗝嗝覺得帶著滴答物出門比較保險。除了各種便利的功能之外，它還能防水。

擔心自己把滴答物弄丟，小嗝嗝用一截長長的繩子一端綁住滴答物，另一端綁住自己手腕，再把滴答物塞進背心口袋。

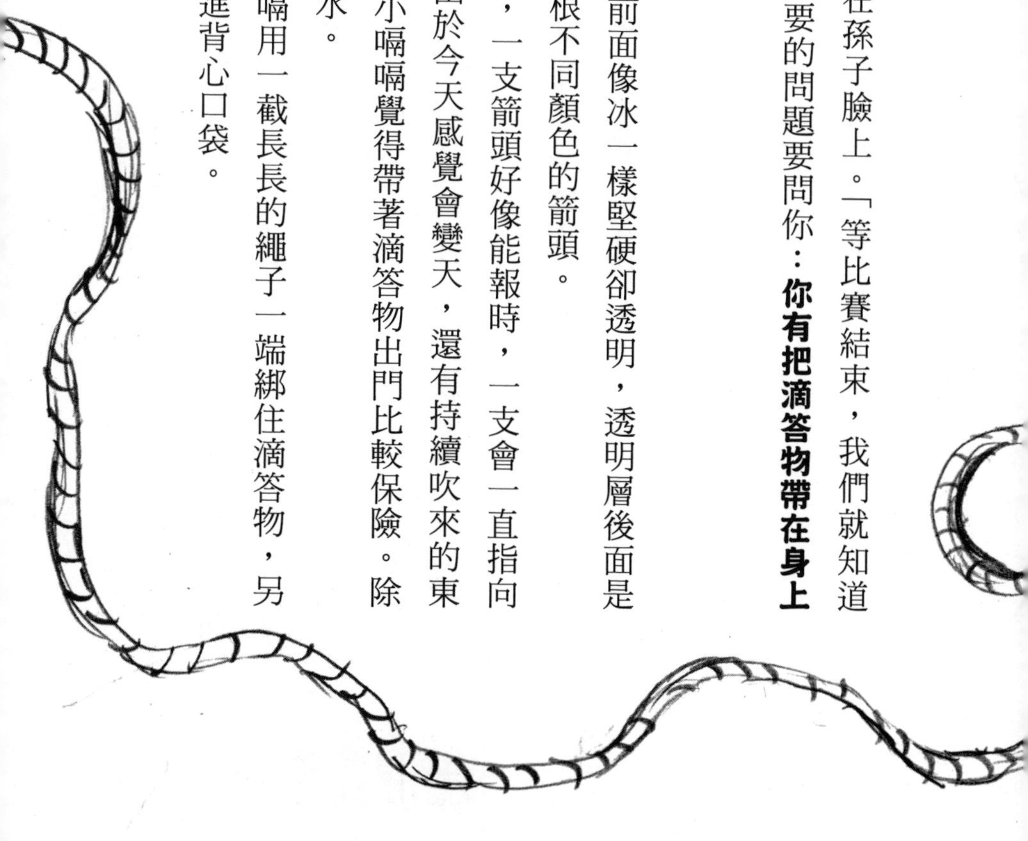

「太棒了！」老阿皺說。「你借我一下下……」

小嗝嗝把滴答物從口袋拿出來，老阿皺打開它的背面，調整裡頭的小按鈕。

「小嗝嗝，」老阿皺說。「現在沒時間解釋了，可是你要記得在『三個月、五天又六個小時』後回到這片海灘，明白嗎？」

「**三個月、五天又六個小時？**」小嗝嗝驚呼。「你在說什麼啊！我應該游不到**十五分鐘**就不行了吧！」

「我幫你設定鬧鐘了。」老阿皺邊說邊把滴答物放回小嗝嗝背心的口袋。「等你只剩六個小時，它的滴答聲會變得更響，鬧鐘響就表示已經太遲了……小嗝嗝，**不要遲到**，可以嗎？就靠你了，小子……」

老阿皺匆匆走向裁判桌，小嗝嗝瞠目結舌地看著他走遠。「他瘋了，跟香蕉一樣瘋了。」小嗝嗝說。

所有參賽者都聚集在離水二十公尺的起跑線，興奮地聊天。

不可能
下沉的柏莎

沼澤盜賊部族的族長——大胸柏莎——正在手臂上塗肥翅龍油，巨大胸部在風中愉悅地拍來拍去，彷彿隨時會變成兩顆熱氣球，帶她飛上天空。

柏莎的聲音和霧角一樣響亮，而且傳得很遠，距離這裡好幾座島的人都聽得到。她正在向方圓兩英里內的人說，她是「不可能下沉」的柏莎、蠻荒群島的游泳冠軍，其他人根本不可能獲勝，現在就認輸回家還差不多。

凶殘部族正若有所思地將長劍、戰斧、長矛與鐵鎚從一隻手換到另一隻手，讓小嗝嗝聯想到等著吃晚餐的毛茸茸食人族。

凶殘部族的族長凶殘瘋肚站在一旁，手臂的大肌肉像波浪般蠕動，著實駭人。即使在強勁的風中，他還是臭得像放了三個星期的海豹屍體，是個臭呼呼的七呎大漢，臉頰刺了難看的藍黑色骷髏刺青。

瘋肚最可怕的一點是：他從不說話。沒有人知道他為什麼不說話，有人說是他徒手和風暴龍搏鬥時舌頭被扯掉，有人說他還是小嬰兒的時候生了場大病，從此不能說話。無論如何，大家只聽過瘋肚的低哼聲，通常都是由討人厭

裁判小屋

的小痘痘人——他那位噁心的助手「齙潰瘍」幫他發言。

這次比賽有三位裁判，其中一位是小嗝嗝的外公老阿皺，負責記錄比賽時間。

裁判長是個一臉憂傷、皮膚皺得不可思議、身材矮小的痛揍蠢貨，他清了清喉嚨，用顫抖著的高亢嗓音宣布：

「蠻荒群島的維京人，聽清楚了！從我吹響喇叭開始，最後一個回到海灘的人將是最後歸來者，必須依照古老習俗發誓自己『沒有求助於漂浮物或船隻』。勝者可以要求另外兩族的族長實現一個要求；三位族長，你們是否發誓要實現勝者的要求？」

「我們發誓。」柏莎、史圖依克和凶殘瘋肚都發了誓。

大胸柏莎有個頭髮亂糟糟、個子嬌小的女兒——神楓，她小跑步過來祝小嗝嗝好運。神楓是蠻荒群島最有本事的盜賊之一，她誰都不怕，也什麼都不怕。

「你不覺得今天很適合游泳嗎？」她樂呵呵地說。「我已經等不及下水了。」

一隻美麗的心情龍蜷在神楓腿邊，名叫暴飛飛。心情龍顧名思義，是會隨心情變色的龍，而這隻心情龍不僅會說龍語，還會說維京人的「諾斯語」。

「你好啊，沒牙。」暴飛飛眨著美豔的長睫毛，慵懶地說。

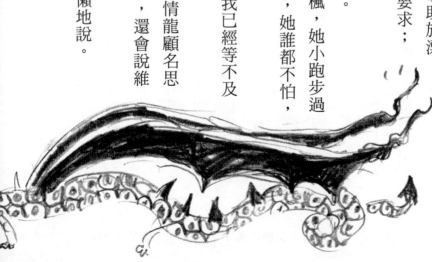

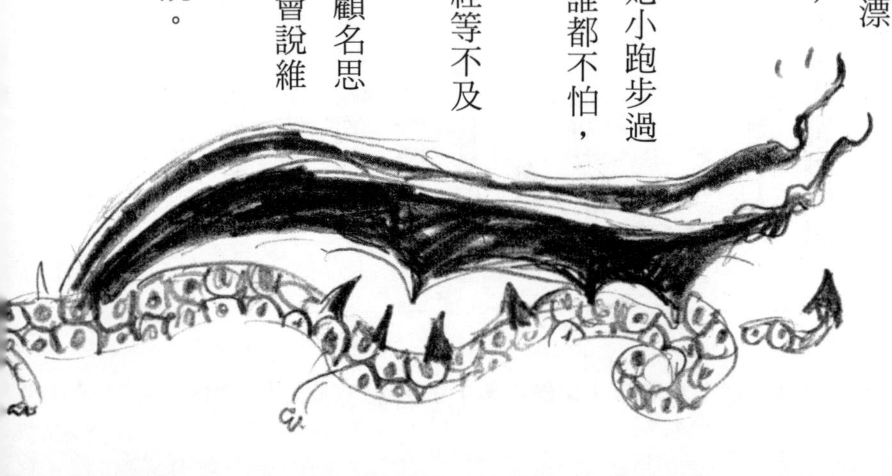

沒牙滿臉通紅，因為
牠暗戀暴飛飛。

沒牙滿臉通紅。

沒牙暗戀暴飛飛，聽到牠向自己打招呼，立刻炫耀起自己的空中翻筋斗技術，還吹出複雜的煙圈，可惜煙圈吹錯方向，害自己大聲咳嗽。

小嗝嗝等人站在起跑線前，鼻涕粗偷偷從後面接近他們，一把從可憐的魚腳司肩頭扯掉戈伯的斗篷，讓所有人看到他的游泳臂圈。

「哎呀！」鼻涕粗笑嘻嘻地說。「我真是粗心大意！」

「**哈哈哈哈哈！**」大家指著魚腳司，笑著上竄下跳。「**這邊有個戴著『臂**

「你好啊，
沒牙。」暴飛飛
慵懶地說。

圈』的毛流氓耶！」

「這個不是臂圈！」小嗝嗝急著挽回局面，對大家大叫。「這明明就是**武器**！是充氣式肩甲！很奇特、很危險！」

偉大的史圖依克氣得臉色發紫，整個人膨脹了起來。那個莫名其妙的魚腳男孩害全毛流氓部族丟臉了！

「史圖依克，站在那個小廢物旁邊的，不就是『你家兒子』嗎？」齦潰瘍笑吟吟地問。

小嗝嗝看起來也很搞笑，從頭到腳都黏了卵石與沙子，彷彿一片沾了麵包粉、瘦巴巴的燻鮭魚，隨時可以下鍋油炸。

史圖依克努力克制這些念頭：**小嗝嗝為什麼每次都要引人注目？他為什麼不能找個夠暴力、夠正常的朋友？而且他為什麼從頭到腳都是沙子？**為了表示自己對兒子的支持，史圖依克大喊：「我兒子說得對！奇怪小戰士穿的是最新型充氣式防具！」

可是他的叫聲比不上群眾「**毛流氓戴臂圈！毛流氓戴臂圈！**」的吶喊。

這時，宣布比賽開始的號角聲響起：**嗚嗚嗚嗚嗚嗚嗚嗚嗚！**史圖依克大大鬆了一口氣。維京戰士們忘了嘲笑毛流氓部族，爭先恐後地在狂風中奔跑，像群水牛似地衝進海裡，一時間辮子飛揚、肚子抖動。

「**沼澤盜賊加油！加油加油！**」

「**凶殘部族，上啊！**」

「**毛流氓萬歲！**」

鼻涕粗肌肉賁張，對觀眾揮了揮手，在淺水處狂奔，接著動作華麗地跳進深水處，用超級有效率的自由式飛速前進。

史圖依克努力控制脾氣，盡量不表現出失望的樣子。他走到小嗝嗝面前，嚴肅地責備道：「小嗝嗝，你現在已經是實習戰士了，**不可以**再這樣玩沙。」

「我沒有玩沙啊！」小嗝嗝抗議道。「我身上都是沙子，是

！哈！哈！哈！

因為……因為……」

……可是史圖依克已經大步離開了。

「噢，我的跳跳水母啊！」魚腳司焦慮地邊喊邊扭動。「我的眼鏡太髒了，現在**什麼**都看不到！」

鼻涕粗倒在魚腳司頭上的肥翅龍油黏在玻璃上，戴著眼鏡彷彿隔著淺綠色水霧看東西，可憐的魚腳司跌跌撞撞地往前走，走往海洋的「反」方向。

「等一下，」神楓笑嘻嘻地說。「海不是在另外一邊嗎？」

「魚腳司！」小嗝嗝焦急地用氣音說。「你走錯方向了！」

觀眾除了幫戰士們加油之外，還忙著

哈！哈！哈！哈！哈

嘲笑到現在還沒出發的三個參賽者——小嗝嗝、魚腳司和神楓。

魚腳司跑往海的反方向，越跑越快，兩條手臂往前伸，嘴裡不停呻吟著：

「我看不到！我看不到！」

小嗝嗝和神楓跑在他後方，對他說：「魚腳司，在這邊，在這邊啦！」

觀眾則「**哈哈哈哈哈！**」笑得很開心，還特別讓路給瞎子般的魚腳司，讓他踉踉蹌蹌地朝岸上跑。

魚腳司被別人脫下來的褲子絆倒，小嗝嗝終於追上他，和神楓合力帶他往海水的方向走回去。

小嗝嗝困窘得只想挖個洞鑽進去，跳進冰得令人胸口灼痛、呼吸困難的海裡時，他反而鬆了一口氣。

小嗝嗝忙著感到害羞丟臉，沒注意到父親和大胸柏莎的狀況。

實在太丟臉了

事情是這樣的：偉大的史圖依克、大胸柏莎和凶殘瘋肚大搖大擺地走進海裡，他們三個都有獲勝的自信。史圖依克想到一件好笑的事，把兒子帶給他的失望拋到九霄雲外。

「柏莎，我跟妳說，」史圖依克親切地戳戳柏莎肩膀。「我們先約好，不管我們兩個誰贏，都要給瘋肚一個教訓。我們叫他把內褲穿在頭上，把浴缸當船划，橫渡乖戾海，妳說怎麼樣！」

大胸柏莎哈哈大笑，笑到眼淚都滾落她毛茸茸的臉龐。「老疣豬史圖依克，」她大聲說。「你這輩子終於想到一個好點子了！就這麼說定了……」

剛下水時，瘋肚對齦潰瘍低哼一聲，眼裡滿是狡詐的光芒。齦潰瘍狡猾地說：「瘋肚發現你們還在用老派的**肥翅龍油**……那個效果跟瘋肚用的『深紫肉齒龍油』根本沒得比……我們的油真的很厲害，塗過就再也不會冷了，效果可以維持到明年冬天喔。」

「唉呀，雷神索爾的腳趾甲啊！」柏莎呼喊一聲，失望地看著自己塗成綠色的身體。「我還以為肥翅龍油是最新流行呢！」

史圖依克又羨又妒地盯著瘋肚

紫色的胸膛，抹了深紫肉齒龍油的瘋肚超級溫暖，滿是刺青的胸膛甚至微冒蒸氣，一絲絲蒸氣被風捲走。

「瘋肚想和你們公平競爭，」鼴瀆瘍笑吟吟地說。「公平起見，你們兩個要不要也試試他這種油？我們把油放在你們後面的水邊……反正塗一次就夠了，我們留這麼多也沒有用……」

「哇，瘋肚你真是好人！」史圖依克笑得很開心。「等一下，我們應該不能回岸邊吧，比賽已經開始了耶。」

鼴瀆瘍一派輕鬆地揮揮手。「還沒還沒……」他笑著告訴兩位族長。「你們不知道嗎？等你們開始游泳，比賽才正式開始。」

史圖依克和大胸柏莎異口同聲：「啊，對，那當然。」還一本正經地點點頭，彷彿自己從一開始就熟記比賽規則。他們轉身上岸，拿起放在水邊的黑色小盆，正要把肉齒龍油抹在身上……

「瘋肚那個大騙子！」史圖依克嫌惡地咂舌。「什麼公平競爭！**妳看**！他把油都用完了！」

他說得沒錯，盆子裡只剩最底部一層紫色油脂，連拿來塗史圖依克腳拇趾都不夠用。

而且，瘋肚的伎倆還不只這樣。

史圖依克抬頭一看，發現觀眾震驚又失望地連連驚呼，毛流氓們更是難過地亂扯鬍子。裁判長站在史圖依克與大胸柏莎面前，他的眼鏡架在鼻尖，表情比之前還要憂鬱。

「非常遺憾，」裁判長哀傷地拿起羊皮紙，寫下他們的名字。「**你們兩位**是最先回來的男人（還有女人），並列最後一名。請問『柏莎』怎麼寫？」

史圖依克哈哈大笑，拍了拍裁判長的頭。「怎麼會！嘖嘖，親愛的小蠢貨，你好像不怎麼瞭解比賽規則嘛。我們都還沒開始游泳，比賽還沒開始，我們怎麼可能拿最後一名呢？」

「我當然瞭解比賽規則。」裁判長鎮靜地說。「我可是『裁判』。只要出水，就算是結束比賽。」

「可是……可是……可是……可是我們馬上就要回去游泳了啊！」大胸柏莎驚恐地說。

「不行，」裁判長說。「這是我的最終判決。」

史圖依克和大胸柏莎看起來像是隨時會爆炸。

「老阿皺！」史圖依克駭然驚呼。「你跟他講清楚！我們怎麼可能就這樣『輸』了！」

老阿皺看了看面前的二十個沙漏。「很抱歉，你們恐怕是輸了。」他憂傷地說。「而且你們下水三分鐘二十二秒就回來了，創下最短紀錄。」

「我可是蠻荒群島的游泳冠軍耶！」大胸柏莎高舉著大拳頭。「我可是『不可能下沉的柏莎』耶！」

「**而且凶殘瘋肚說我們可以上岸！**」史圖依克大叫。話一出口，史圖依克和大胸柏莎終於發現自己被耍了（我不得不說，他們兩個不是非常聰明）。

兩分鐘前，柏莎和史圖依克還在沙地上趾高氣昂地走來走去，相信自己穩贏不輸，志得意滿的模樣像極了兩隻肥公雞。

現在他們和壯觀的大汽球一樣開始洩氣。柏莎的大胸部難過地下垂，史圖依克巨大的二頭肌也軟了下來。

「可惡，那個超臭、超爛、超奸詐的死瘋肚！」史圖依克咬牙切齒。「他害我們輸了！」

第三章　那個鼻涕粗人怎麼這麼好？

小嗝嗝、魚腳司和神楓沒看到後頭發生的事。

他們才剛開始游泳沒多久，就遇到麻煩了。

小嗝嗝因為剛才的糗事羞得面紅耳赤，一下水就全速游離海岸。

「等等我，」魚腳司央求

道。他笨拙地游著狗爬式，努力追上小嗝嗝和神楓。「戴這個臂圈真的很難游泳。其實我們也不用游太遠，反正我們不是戰士，參加比賽也是游好玩的……前提是你們覺得在滿是鯊龍的海裡凍死很好玩……」

小嗝嗝游到深水處，頭盔和長劍的重量馬上拉著他往下沉，他只好瘋狂踢腿，勉強讓下巴和頭部浮出水面。

就連神楓也必須集中精神，免得全副武裝的身體沉下去。她的劍和匕首太重了，以致她右邊不停往下沉，有時候怎麼游都會繞圈。

「**真是的！**」小嗝嗝抱怨。「再

這樣下去，我最好有可能贏過鼻涕粗啦！」

他們忙著讓身體浮在水面，沒注意到鼻涕粗和無腦狗臭從後方游來（狗臭游泳時一直噴水，和在浴缸裡玩水的河馬一樣吵，小嗝嗝他們沒注意到就表示他們真的很忙）。

兩個小惡霸聽到小嗝嗝說的話，鼻涕粗笑得合不攏嘴，差點溺水。「廢物小嗝嗝，你說什麼話！」鼻涕粗大聲說。「**你們**三個？贏過**我**？我這輩子還沒聽過這麼好笑的笑話！」

「嘿嘿嘿。」狗臭低哼，邊笑邊用鼻孔噴出海水。

「小嗝嗝，我告訴你，」鼻涕粗冷笑著說。「你剛剛沒聽到海灘上的人在笑你嗎？你們在這邊只會讓毛流氓部族丟臉。」

鼻涕粗眼裡閃爍著殺意，回頭確認沒有人在看他們後說：「小嗝嗝，我來讓你學學怎麼當維京英雄，還

有魚腳司，我來教你怎麼不戴臂圈游泳……」

「不要！」魚腳司尖叫著試圖游走，卻根本逃不了。

鼻涕粗和狗臭又高又壯，輕輕鬆鬆就逮到了魚腳司，經過小嗝嗝和神楓時還把他們的頭往水裡壓。鼻涕粗用匕首刺破魚腳司右手的臂圈，狗臭直接把左邊臂圈拔掉。

「小嗝嗝，」鼻涕粗得意地說。「你自己應該能勉強游回岸邊，可是我不覺得你有辦法帶魚腳司回去。那……你打算怎麼辦啊？我個人建議你把這個『垃圾』甩了，讓我們大家都省事，不過要救不救完全是你的自由。」

說完，兩個小惡霸大笑著游走。

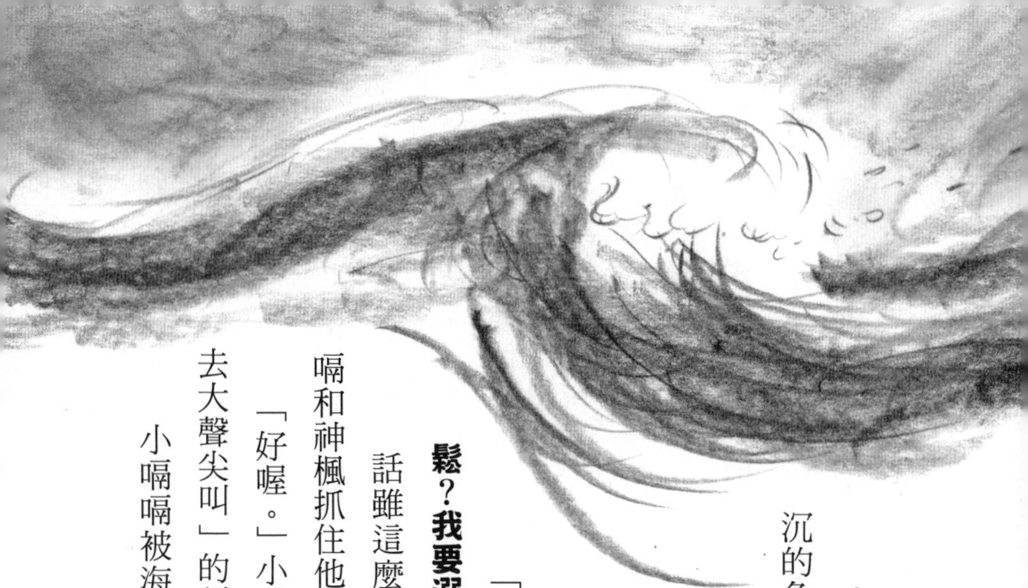

小嗝嗝浮出水面大口喘氣，掙扎著游向再次往下沉的魚腳司。他在沒牙、暴飛飛與魚腳司的狩獵龍——恐牛——的幫助下，把魚腳司拉到水面，但魚腳司嚇得不停掙扎，可能會把小嗝嗝也一起拖下水。

「**不要激動，放輕鬆！**」小嗝嗝高喊。

「**什麼放輕鬆！**」魚腳司尖叫。「**你要我怎麼放輕鬆？我要溺死了！溺死是要怎麼放輕鬆！**」

話雖這麼說，他還是停止掙扎，強迫自己全身放鬆。小嗝嗝和神楓抓住他肩膀，拉著他浮上水面。

「好喔。」小嗝嗝用「我在努力保持平靜可是我想繞圈圈跑來跑去大聲尖叫」的語氣說。「我們好像遇到一點麻煩了……」

小嗝嗝被海浪往上推，看到海岸線，突然覺得小島離這裡非常遙遠。即使有神楓幫忙，小嗝嗝也不確定自己能帶著魚腳司一路游回去。

這就是正統維京人游泳比賽的問題所在：除了耐力，它還考驗你的判斷能力，你要小心別游得太遠，以免沒力氣游回去。

「趕快帶魚腳司回岸邊吧。」小嗝嗝心裡沒底，仍盡可能有自信地說。

「有人要吃紅蘿蔔嗎？」恐牛注意到情勢危急，慈祥地飛下來笑著說。

「吃了才有力氣游泳……」

「等等再吃好了。」小嗝嗝說。他又（更努力用若無其事的語氣）說：

「恐牛，妳要不要先飛回岸邊，請他們派幾隻救生龍來救我們……」

「好啊。」恐牛愉快地說完，拍拍翅膀飛走了。「加油，繼續打水喔……」

「繼續打水……繼續打水……繼續打水……」

接下來半個小時，這四個字小嗝嗝重複唸了無數次。

奇怪的事情發生了，他們打水打得越努力，就漂得離海灘越遠。剛才遇上鼻涕粗和狗臭時，小嗝嗝、神楓和魚腳司不知不覺被海流捲走，現在正漂往外海。

他們已經聽不到其他維京人的吆喝與加油聲，只聽得到自己的打水聲，三個人孤零零地漂在冷冰冰的海上，四周是好幾哩的汪洋。

「我累了。」從不感到疲累的神楓說。

小嗝嗝實在無法想像比這更糟的情況。

但是，看過前幾集回憶錄的人都知道，在這種情況下，情況很可能會變得**非常非常**糟。

這時，本來在水面下抓鯖魚的沒牙突然尖叫著飛出來，擦過小嗝嗝的耳邊。

小龍拍著翅膀在小嗝嗝上方盤旋，小嗝嗝驚呼：「沒牙，怎麼了？」

「有可、可、可怕的東、東、東、東西……」沒牙結結巴巴，翅膀不停地顫抖，帶著身體迴旋著往上飛。「水裡有可怕的東西！」

「什麼樣的可怕東西？」

小嗝嗝吞了口口水。

「沒牙不知道……」沒牙回答。

「可、可、可怕就是可怕……沒有停下來看……黑、黑、黑色的東西……」

「怎麼了？」魚腳司發抖著問。「他說什麼？」

「啊，嗯，沒事。」小嗝嗝故作輕鬆地撒謊。「沒牙的個性你又不是不清楚，他這隻龍就愛大驚小怪……**繼續打水，繼續打水。**」小嗝嗝壓低音量，環顧四周。「可是動作要**輕一點**……」

「為什麼要輕一點？」魚腳司憋著嗓子說。他緊張了起來，一緊張就又開始往下沉。「水下是不是有東西？是什麼？**闇息龍？鯊龍？駭牙龍？**」

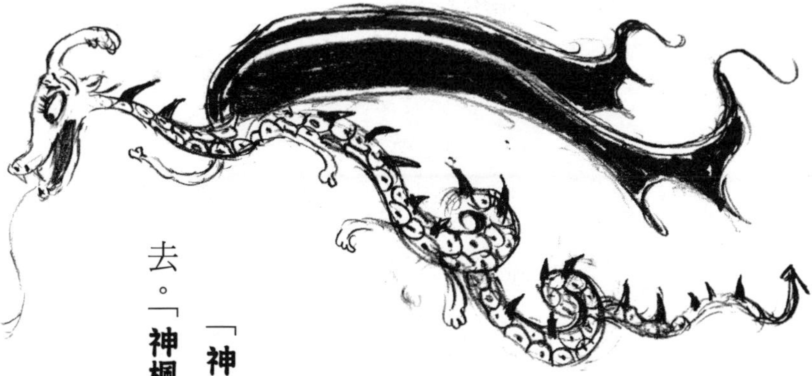

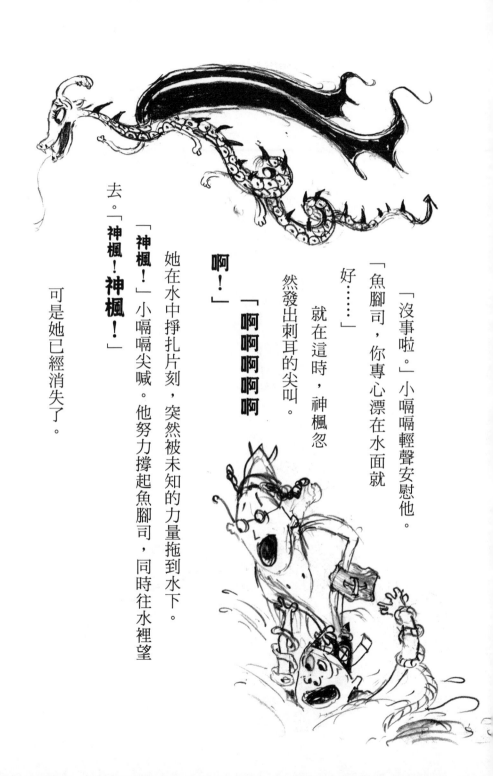

「沒事啦。」小嗝嗝輕聲安慰他。「魚腳司，你專心漂在水面就好……」

就在這時，神楓忽然發出刺耳的尖叫。

「啊啊啊啊啊啊！」

她在水中掙扎片刻，突然被未知的力量拖到水下。

「**神楓！**」小嗝嗝尖喊。他努力撐起魚腳司，同時往水裡望去。「**神楓！神楓！**」

可是她已經消失了。

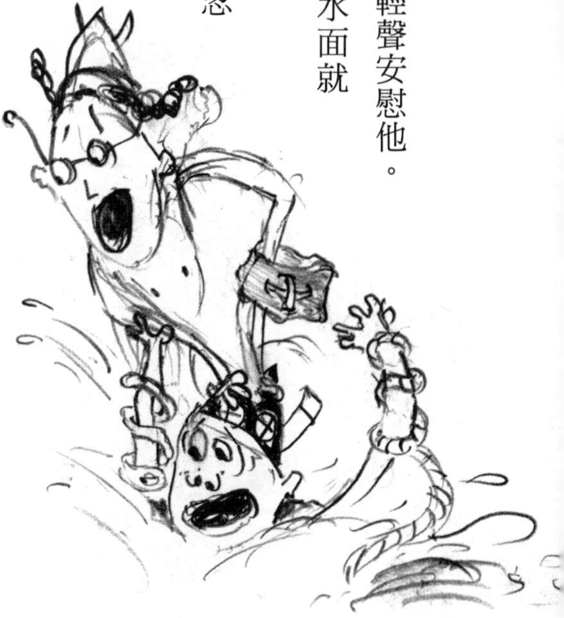

第四章　很糟很糟的情況

「雷神索爾，我的雷神索爾啊……」小嗝嗝焦急地左顧右盼，卻沒看到神楓的蹤影。

四周只剩沉靜的海霧，至於水下……水下到底有什麼東西？也許是闇息龍，牠們喜歡把獵物拖到水下，再吸乾獵物的血液；也可能是鯊龍，牠們喜歡用長達一英尺的利牙咬殺獵物，或咬斷一隻手、一條腿後帶著食物游走。

「**她在哪裡？她在哪裡？她在哪裡？**」魚腳司一

次又一次重複，彷彿他一直說，小嗝嗝就會回答他。

驚恐的一分鐘過去了。

魚腳司也跟著放聲尖叫，被某種力量硬生生拉到水下，離開了幫助他漂浮的小嗝嗝。

「**魚腳司！**」小嗝嗝大喊。

冰寒的灰色海上，只剩小嗝嗝一個人。

他疲憊的雙腿努力打水，像是隨時可能被咬掉。

他不可能跑走，也不可能飛上天（沒牙正英勇地抓著他的背心，試圖把他從海裡拉出來）。他什麼事都做不了。

這時，好像有東西輕咬他的腳踝……

小嗝嗝尖叫一聲，笨拙地試著往前游。

但「那個東西」緊緊抓住他的腿，把他往水裡拖。

小嗝嗝只來得及吸一大口氣，就整個人被拖進海裡，周圍的海水迅速從綠色變成灰色、又從灰色變為黑色。

就這樣結束了……小嗝嗝越沉越深……他心想……**這就是死亡的感覺……**

就在他的肺部即將炸裂時，有股力量把他往反方向拉，海水又從黑色變成灰色、變成綠色、變成白色，他破出水面，天空映入眼底。

小嗝嗝被一隻翼展約七公尺的大龍抓著，頭下腳上地被拎上了天空。

一大群大型龍沙啞地尖叫著從海裡飛出來，直直往上飛，彷彿海神涅普頓發射的箭矢。

抓著小嗝嗝的龍飛得很低，小嗝嗝的手指輕輕刮過海面。小嗝嗝就像條鯖魚，被那隻龍往上一甩，飛了出去，在空中連翻了好幾個筋斗——就在他要掉到海裡時，另一隻龍俯衝下來接住他，這次是抓住他兩條手臂。

小嗝嗝從眼角看到魚腳司和神楓被其他的龍拎著，處境和他差不多。他仰頭往上看，努力辨認抓住他們的龍。是猛禽舌。

猛禽舌長得很奇怪，牠們看起來像是被巨人踩了一腳的普通龍族，變得跟鬆餅一樣扁平。維京人經常用猛禽舌探查敵情，因為牠們飛行時十分安靜，能在不被發現的情況下低空飛過敵方地盤。

整個龍群大約有五十隻猛禽舌，拎著三個小維京人飛向開放海域。

這就奇怪了。小嗝嗝知道猛禽舌不是海龍，牠們棲息在蠻荒群島，現在只有雷神索爾能猜到龍群的目的地了。猛禽舌群不停不停往前飛，有時候小嗝嗝覺得手臂超級痛，一定是快脫臼了，猛禽舌總是會在他受傷前把他拋到空中，又會被倒著抓住飛行。

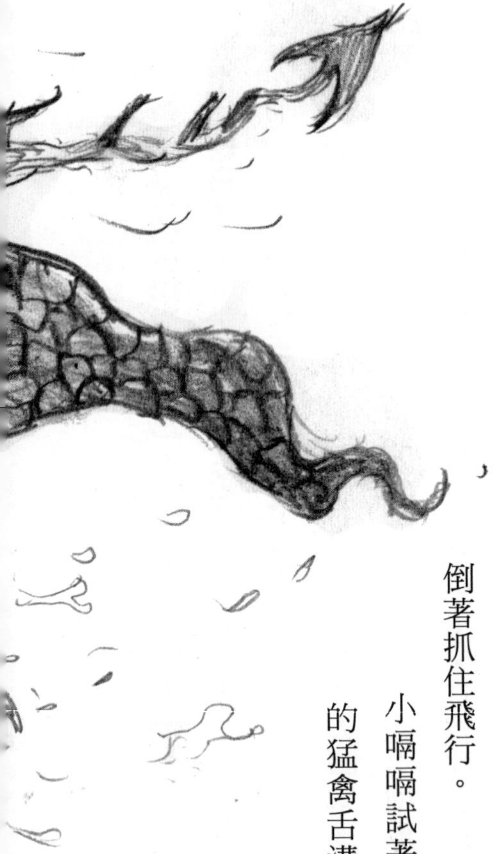

小嗝嗝試著用龍語和抓住他的猛禽舌溝通，但牠只有稍微調整抓握住小嗝嗝的姿

勢，凶巴巴地說：「你再說話，我就把你的頭咬掉。」

小嗝嗝是個聰明人，很識相地閉上嘴巴。

飛了好一段時間，天邊終於出現一個黑點，牠們越飛越近，黑點也越變越大。一開始，看到它冒出來的灰綠色濃煙，小嗝嗝還以為那是座火山島，但隨著和那東西的距離縮短，他赫然發現那根本不是島嶼，而是一艘船。

那真是艘壯觀的大船。

猛禽舌

～統計資料～

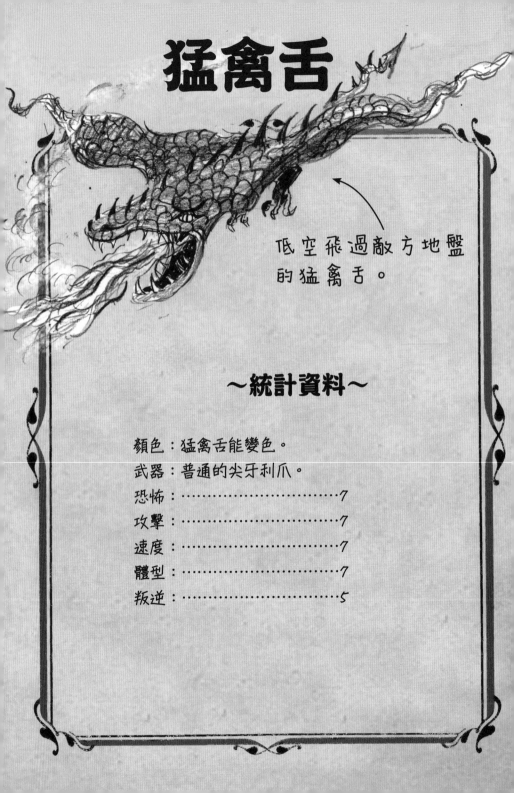

顏色：猛禽舌能變色。
武器：普通的尖牙利爪。
恐怖：…………………………7
攻擊：…………………………7
速度：…………………………7
體型：…………………………7
叛逆：…………………………5

猛禽舌住在凶殘群山的裂隙深處，還有索爾之雷峽谷。牠們能把身體壓平，擠進很小很小的縫隙，所以非常適合當密探龍。

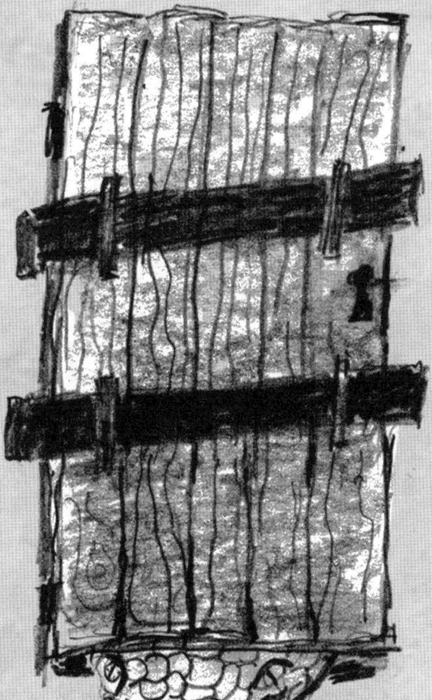

門上鎖了，但這隻小猛禽舌還是能從門縫擠進來。

小嗝嗝這輩子看過很多船，他見過毛流氓部族的劫掠船、沼澤盜賊部族的偷偷摸摸船、羅馬人的盜龍帆船、醜暴徒部族的奴隸船……只要你想得到的船，小嗝嗝都見過，但他就是沒見過這種船。

它和別的船完全不一樣。

它真的非常非常大，體積和深度是普通維京船的六倍，而且它有「兩根」桅杆，甲板後頭還有根類似煙囪的奇怪大管子，不停冒煙。

它說不定是幽靈船。說不定小嗝嗝剛才不小心睡著了，這其實是古怪的噩夢。

猛禽舌群飛入濃煙，繞著巨大船艦飛了兩圈才低低飛過船頭，俯身降落。

完了完了完了。小嗝嗝心想。抓著他的猛禽舌收起翅膀，準備降落在甲板上，小嗝嗝痛苦地咳嗽著，一邊想：**完了完了完了完了……**

大船甲板上有群特別討厭的野蠻人。猛禽舌收起翅膀，準備降落在甲板上，牠放開小嗝嗝時，野蠻人們歡呼一聲，小嗝嗝在甲板上摔了個狗吃屎，惹得大家瘋狂大笑。神楓和魚腳司也被丟在他身旁。

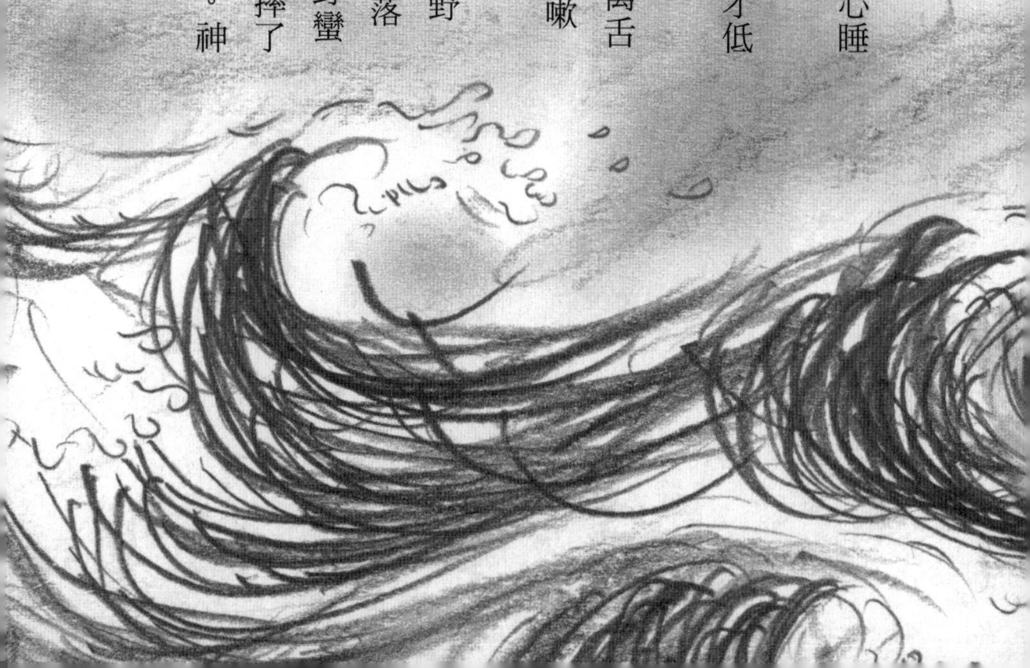

登陸船
諾伯的帳篷
飛行器
美國夢
二號

熱氣球
防止船
下沉暨嚇走
大海龍機
籠子
煙
囪
奴隸艙

「你們這群沒種的蝙蝠，要是覺得自己是維京人，就回來堂堂正正打一場！」被猛禽舌綁架的神楓氣得七竅生煙，大聲尖叫，卻只是讓新綁匪笑得更開心。

三個小維京人彷彿待宰的雞仔，被人五花大綁後倒著綁在大船的中心桅杆上。

就連沒牙和暴飛飛也被抓住，和主人綁在一起。

三個小英雄感到焦急、憂慮又害怕，他們根本不曉得綁匪會對他們做些什麼。

話雖如此，他們還是有種非常糟糕的預感。船上所有人都在呼喊：「**殺，殺，殺，殺！殺死小孩，殺，殺，殺！**」

就連一向樂觀的神楓也覺得情勢不妙。

「他們說的小孩該不會是『我們』吧？」魚腳司嗚咽道。

「這裡就只有我們三個小孩啊。」小嗝嗝指出。他的牙齒不停打顫，發出螃蟹鉗子夾在一起的聲響。

「我們應該想辦法逃脫。」神楓愉悅地說。她歡快地聽野蠻人殘暴地笑鬧，他們還朝可憐的三個俘虜丟魚。

「神楓，妳說得對，」小嗝嗝承認。「可是對方至少有兩百個人……全副武裝……妳的狀況我是不清楚，可是我目前全身溼答答的，沒有武器，還倒著被綁在桅杆上，我實在想不到逃脫的方法。也許能試著講講道理，可是他們不像愛講道理的人。」

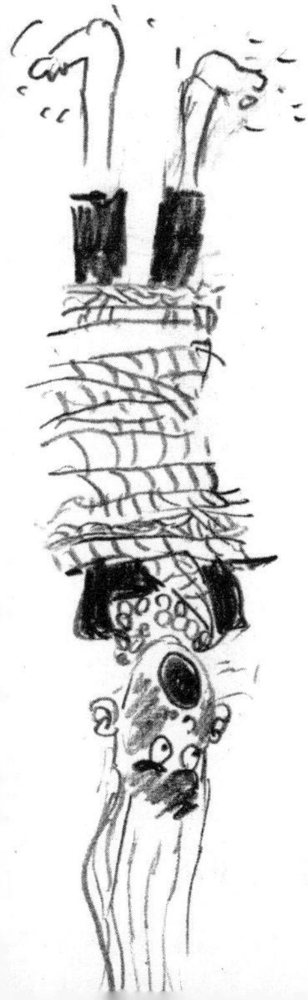

「你們這些浮游生物心臟、水母肌肉、黏答答的蝦兒子，快放了我們！不然我會把你們的骨頭磨成沙，然後把你們丟回海裡，讓你們回去跟鰻魚住！這世界上沒有人能困住沼澤盜賊！」

……神楓怒喊。

吼叫聲與呼喝聲變得更響亮了，無數條魚丟向他們，天空彷彿下起了魚雨。

有人大叫：「金髮小妹妹，妳要自己一個人打我們所有人嗎？」

「神楓，妳真的很會講道理耶。」小嗝嗝說。

其中一個野蠻人走向搭在甲板中間的帳篷，喊道：「老——————大————！他——們——來——了！」

「看來，」小嗝嗝嚴肅地說。「他們知道我們會來。這不是什麼好兆頭。」

「這些都不是好兆頭好嗎！」魚腳司顫抖著說。「你覺得綁架我們的是誰？」

小嗝嗝努力思索。有誰沒去參加友好的族際游泳比賽？是痛揍蠢貨部族嗎？是醜暴徒部族嗎？

「拜託不要是醜暴徒部族。」魚腳司抽泣著。

對方不是醜暴徒部族，而是小嗝嗝更不樂見的人。野蠻船員們拉開帳篷的布幔，小嗝嗝看到三個男人正共進晚餐，那三個人能齊聚一堂，想必小嗝嗝真的倒楣到了極點。

他們從左到右分別是凶殘瘋肚、歇斯底里部族族長——瘋子諾伯——還有瘋肚那位親切的助手——齦潰瘍。

第五章　討人厭的老相識

他們在分食一頭鹿，諾伯和瘋肚用沾滿鮮血的手把可憐的鹿分屍，看起來超級噁心。

齜潰瘍比較注重餐桌禮儀，他用尖銳的黑色長叉子叉起一塊鹿肝，斯斯文文地輕咬著。

瘋子諾伯喝下裝在一塊頭骨裡的葡萄酒，把幾塊鹿肉丟到身後，又用上衣擦了擦鮮紅的雙手。

「瘋肚，幹得好。」諾伯熱切地說。「你的猛禽舌群把獵物帶回來了。」

小嗝嗝聽到「獵物」兩個字，知道事情不妙。「這、這是怎麼回事？」他結結巴巴地問。「你們幹麼把我們抓過來？我們還要回去參加

游泳比賽……還有，瘋肚怎麼會在這裡？他不是應該和我們一起游泳嗎……」

諾伯站起身來，把大臉湊到小嗝嗝面前，一隻瘋狂的眼睛直直盯著小嗝嗝，眼球表面布滿凸起的紅色血管，宛如瘋狂的地圖。諾伯的眼皮跳個不停，瞳孔跟著震顫不止，彷彿因狂怒而舞動。

「**你們**的比賽結束了。」諾伯滿意地說。「我和瘋肚約定好了，只要瘋肚把**你們**帶來給我，我就讓他在我的船上待幾個小時，到時候等其他人都上岸了，他再游回岸上，他絕對

會是最後歸來者……」

「你們作弊！」小嗝嗝大聲抗議。「比賽的時候不能利用漂流物或船隻！」

「**當然**要作弊啦！」諾伯笑著說。「你家祖先——恐怖陰森鬍——在那場出名的游泳比賽中獲勝，當上蠻荒群島之王，當然也有作弊。人怎麼可能在海裡游**整整三個月呢**……」

「三個月還真是久。」齇潰瘍笑吟吟地說。「打斷你了，真是抱歉。諾伯，既然你要的東西已經到手，瘋肚也休息夠了，我們就先告辭，瘋肚還得回去當最後歸來者呢。」

凶殘瘋肚低哼一聲，用背心抹了抹血淋淋的雙手後和瘋子諾伯握握手，就伸展雙腿，從船緣跳入海水。噁心的齇潰瘍捏著鼻子，跟在主子身後飛躍入水。猛禽舌群也撐開蝙蝠般的翅膀跟著飛走。

「嘿嘿嘿，這不是上次那個奇怪的紅髮小男孩嗎？」瘋子諾伯笑嘻嘻地說。「我還記得上次見面時，你們偷了我的滴答物，燒了我們村子的集會堂，

滴答
滴答
滴答
滴答
滴答

把我的鬍子咬斷，還把我老爸餵給尖叫龍吃。」（註1）

「那都是意外！」小嗝嗝抗議道。「那是一連串非常『不幸』的意外，我們都為上次的事深感抱歉——對不對啊，魚腳司、神楓？」

「哼。」諾伯嗤之以鼻。「還記得我上次說的話嗎？下次見面的時候，我就會**宰了**你們。」

「呃，能再次遇見你真的很棒，」小嗝嗝圓滑地說（有瘋子拿著戰斧站在你面前，還是禮貌一點比較好）。「可是我並沒有和你相遇的打算……」

「自從上次見面，我的砍砍斧就**恨不得**咬斷你的頭……」諾伯憐愛地撫摸他隨身攜帶的雙刃戰斧，這柄斧頭一邊是明亮的金色，一邊是一團扭曲、腐鏽的黑色金屬。「它當然也想砍了你們兩個。」他大方地對神楓和魚腳司說，免得他們覺得被排擠。「問題是，我實在不曉得該現在殺死你們，還是帶你們

註1　請見《馴龍高手IV：渦蛇龍的詛咒》。

一起去探險再殺死你們……唉呀唉呀……真是令人頭疼的選擇……」

「現在殺！現在殺！」一旁圍觀的歇斯底里人幸災樂禍地吶喊。

「探險？」小嗝嗝的心不停往下沉。「什麼探險？你們要去哪裡？」

「這個嘛……也不是什麼很遠的地方……」瘋子諾伯露出不懷好意的怪笑。「我這艘新船才剛造好，我們只是出門兜兜風……去『美洲』晃晃罷了……」

「可是世界上沒有美洲這個地方啊！」魚腳司提出異議。「世界就跟鬆

餅一樣扁平，如果一直往西航行，只會從世界的邊緣摔進深淵！」

「**給我閉嘴！**」諾伯大吼，眼裡閃爍著瘋狂的精光。「世界明明就跟橘子一樣圓，而且我知道美洲真的存在，因為**我去過**！這次我要帶著『戰士』和『實力』，**風風光光**地回去，創建強盛的『帝國』！我將是偉大的諾伯，新世界的帝王！」

小嗝嗝一想到那個畫面就不寒而慄。

「我要把新的國家命名叫**瘋子國**。」諾伯得意地說完，拿著戰斧擺了個傲慢的姿勢。「但為了前往美洲，」諾伯接著說。「我需要你上次偷走的滴答物，只有『它』能為我們指引方向。所以……滴答物在誰身上？」

他拿著斧頭，一一指向三個小維京人。

「是這個紅髮雀斑的奇怪男孩嗎……還是這個瘋瘋癲癲的金髮小女孩……還是這個魚臉男孩？」

「是我，小嗝嗝・何倫德斯・黑線鱈三世。」小嗝嗝說。「滴答物現在就在

就讓毀滅戰斧
來決定吧！

你腳下。」

小嗝嗝被倒著綁在船桅上，原本放在口袋的滴答物掉了出來，正躺在甲板上，被諾伯瘋瘋癲癲的大腳踩著。

「我的滴答物！」諾伯開心地高呼。他解開將滴答物和小嗝嗝手腕綁在一起的繩索，將它抱在胸前。

「那麼，」諾伯笑著說。雙刃戰斧的黑刃湊到小嗝嗝頸邊，提醒他思考一些更要緊的事情。「我剛剛說了，我實在不曉得該現在殺你們，還是等我們到美洲再殺……這樣說，你懂嗎？」

「我懂……」小嗝嗝吞了口口水。

「就讓『毀滅戰斧』來決定吧！」諾伯張開雙臂大吼（嗜血的觀眾高聲歡呼、用力跺腳）。「我會把戰斧往上拋，如果它落下來時金刃朝下，你們就跟我們一起去美洲，如果是黑刃朝下……嘿嘿，如果是**黑刃**朝下，你們就準備**當場死亡**！」瘋子諾伯高呼。「小嗝嗝・何倫德斯・黑線鱈三世，你覺得你今天運氣好嗎？」

「這是個好問題，」小嗝嗝嘀咕道。「目前為止，我覺得這是我**好幾年來**運氣最差的一天。」

「太棒了，」瘋子諾伯笑嘻嘻地說。「我『最討厭』等待了。」

「**丟戰斧！丟戰斧！丟戰斧！**」歇斯底里人歡聲大喊。

「**不是死亡，就是美洲！**」瘋子諾伯高呼。

「**不是死亡，就是美洲！**」歇斯底里人齊聲尖叫。

「不是死亡，就是美洲。」小嗝嗝、魚腳司和神楓呻吟。

瘋子諾伯狂吼一聲，把戰斧用力往上拋。小嗝嗝閉上雙眼。

甲板上的歇斯底里人四散亂跑。

戰斧一直往上飛，轉了一圈又一圈，先是金刃朝上，接著是黑刃……它一直往上飛……

它在空中停滯片刻後，開始疾速墜向甲板。最後會是金刃朝下，還是黑刃呢？

小嗝嗝瞇起眼睛，雖然眼前都是沾到鹽水的頭髮，他還是想看到戰斧判決的結果。

「黑刃朝下！黑刃朝下！」瘋子諾伯興奮地大叫。「準備受死吧！」

小嗝嗝驚恐地發現，墜向甲板的的確是黑刃，他完全無法阻攔恐怖的命運。

第六章　毀滅戰斧的判決

小嗝嗝的腦袋飛速運轉。

他現在動彈不得，卻突然有了靈感……

「**諾伯，你看得懂滴答物嗎？**」小嗝嗝尖喊。

諾伯看著滴答物……**可惡！……他看不懂……**

……可是戰斧一直往下落，戰斧的判決

怎麼可能會錯……瘋子諾伯猛推了暴力猛一

把，將暴力猛推到戰斧與甲板之間，害他手臂被戰斧割傷。

「**喂，你幹了什麼好事！**」瘋子諾伯大吼。「好，幫那些可惡的小偷鬆綁！」

歇斯底里人失望地咕噥幾聲，解開綁住小嗝嗝、魚腳司和神楓的繩索。三個小維京人摔倒在甲板上，不用頭下腳上真是太好了，不過他們的頭還是很暈。

「跟我走。」瘋子諾伯喝道。

小嗝嗝跟著諾伯走進甲板中間的帳篷。

這頂帳篷算是諾伯的船艙。維京人在船上通常都過得很克難，沒有人有船艙，頂多用倒蓋在甲板上的登陸船遮風避雨。

但諾伯打算去到美洲之後永遠不回來，所以船上準備了新世界帝王可能會需要的所有物品，包括桌子、椅子、西洋棋盤、冰上敲棍球的球棍、亂撞球，還有滑雪屐。

帳篷船艙的布牆上掛著諾伯各種古怪新發明的設計圖，還有幾張地圖，諾伯用肥嘟嘟的手指指向一張地圖，地圖上寫著彎彎曲曲的小數字。

「這就是我父親——大賈伯——去美洲用的地圖。」諾伯說。

「他看著地圖上的奇怪小數字，再看看滴答物，就知道要往哪裡走了。」

諾伯把地圖和滴答物交給小嗝嗝。

滴答物總共有九個小箭頭，兩根普通的箭頭是報時用的，而且比老阿皺那些複雜的蠟燭還要準確。一根特別粗的箭頭永遠指向北方，和北極星一樣。末端是圓圈的箭頭是測謊器。小嗝嗝還不知道那個問號形狀的箭頭和閃電型箭頭有什麼功能。

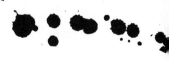

而剩下兩根箭頭，則是告訴你要往東還有往西走多遠。（註2）

小嗝嗝坐在那裡，拿著滴答物和地圖互相比對，研究了很久。諾伯不耐地大吼：

「**快一點！快一點啊小鬼！**你以為我們很閒嗎！」

「如果世界上真的有美洲這個地方，那前往美洲最快的路線，是往『那邊』航行。」小嗝嗝指向北方遠處的雷雨雲。「但這麼一來，我們就會經過寒冰群島，可能會遇到一些可怕的冰龍——」

註2　這表示滴答物能測量「經度」（也就是小嗝嗝所謂的「往西走」）。人們認為最早能測量經度的儀器是一七七三年發明的經線儀，但由小嗝嗝的回憶錄可見，人類早在更久以前就懂得量測經度。

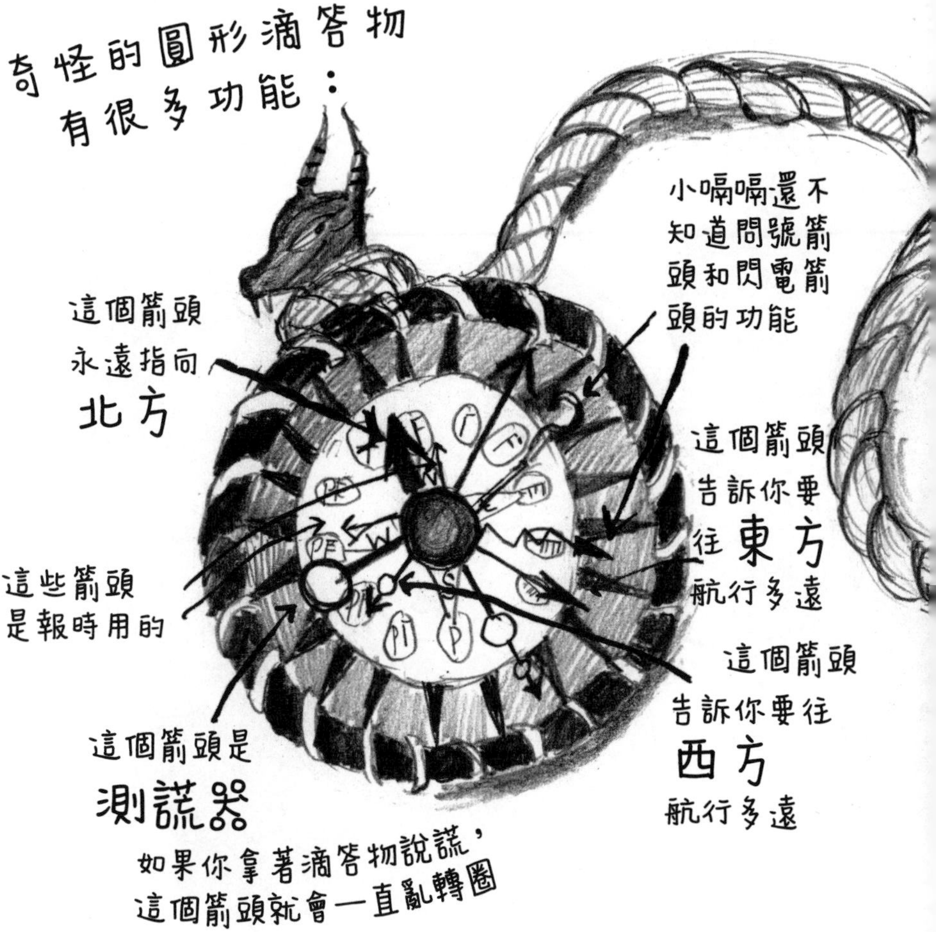
奇怪的圓形滴答物
有很多功能：
小嗝嗝還不
知道問號箭
頭和閃電箭
頭的功能
這個箭頭
永遠指向
北方
這個箭頭
告訴你要
往東方
航行多遠
這些箭頭
是報時用的
這個箭頭
告訴你要往
西方
航行多遠
這個箭頭是
測謊器
如果你拿著滴答物說謊，
這個箭頭就會一直亂轉圈

美洲
在這個
方向
極蛇之地
小心
凶殘群山

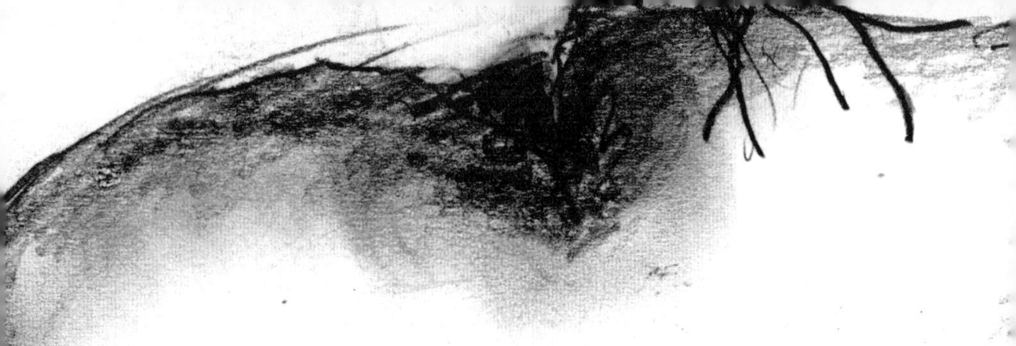

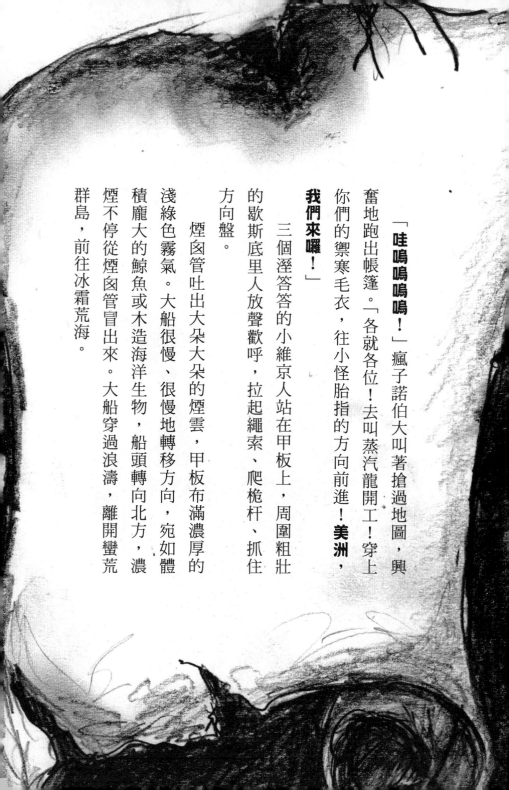

「**哇嗚嗚嗚嗚！**」瘋子諾伯大叫著搶過地圖，興奮地跑出帳篷。「各就各位！去叫蒸汽龍開工！穿上你們的禦寒毛衣，往小怪胎指的方向前進！**美洲，我們來囉！**」

三個溼答答的小維京人站在甲板上，周圍粗壯的歐斯底里人放聲歡呼，拉起繩索、爬桅杆、抓住方向盤。

煙囪管吐出大朵大朵的煙雲，甲板布滿濃厚的淺綠色霧氣。大船很慢、很慢地轉移方向，宛如體積龐大的鯨魚或木造海洋生物，船頭轉向北方，濃煙不停從煙囪管冒出來。大船穿過浪濤，離開蠻荒群島，前往冰霜荒海。

看那快樂的白骨，
在海裡跳舞！
他們不像你和我，
他們無拘無束……
他們跳了死亡舞步，
隨著夜裡瘋狂的
節拍……

現在他們和鯨魚還有鬼魂共舞，
雙腳珍珠般雪白……

《戰斧的暗面》
（一首動人的搖籃曲）

來啊來啊，在燦笑的月下，
來跳死亡舞步……
我們一起跳，
在傍晚共舞……

死亡舞步看起來很難，
但你很快就能學會，
踏進我家戰斧的懷抱，
聽從它的教誨……

第七章　發現美洲大冒險

於是，被瘋子諾伯綁架的小嗝嗝、神楓和魚腳司困在賊船上，準備永遠離開蠻荒群島。

小嗝嗝、神楓和魚腳司當然不想去美洲，而且他們能不能橫渡大西洋還是個大問題呢。小嗝嗝知道大西洋住著許多巨大的恐怖海龍，他們這艘船再怎麼大，還是會被巨型海龍一口吞下肚。

「小嗝嗝……我們現在該怎麼辦？」魚腳司緩緩問道。

「這個嘛，」小嗝嗝的牙齒抖個不停。「先把溼衣服弄乾再說吧。」

甲板後頭的煙囪管不斷冒出熱煙，三個小維京人依偎在煙囪管旁兩個小時，讓暖意滲入凍僵了的身體；臉頰和手臂上殘留的綠色肉齒龍油，讓他們看起來像三隻在太陽下做日光浴的小蜥蜴。他們的衣服沾了鹽水，變得和厚紙板一樣硬，但至少都乾了。

好不容易停止發抖了，他們終於能探索這間漂在海上的牢獄。

歇斯底里部族喜歡作白日夢，有許多歇斯底里人都是瘋子和發明家，所以美國夢二號也不是尋常的維京船。

煙囪管冒出色彩鮮明的灰綠色濃煙，小嗝嗝猜那是龍煙，也許是藏在船裡的龍吐出來的煙。小嗝嗝很想知道龍煙推動船隻前進的機制是什麼。（註3）

這艘船的不尋常之處可不只有蒸汽龍，船側還有一個有翅膀的怪東西，一位叫紅羅納的歇斯底里人告訴小嗝嗝，那是諾伯發明的飛行器，可惜它還是未

註3　根據小嗝嗝的回憶錄，諾伯似乎早在人類學會用蒸汽作為船隻推進力的數百年前，就造了蒸汽船。值得一提的是，早在直升機、挖土機、深海潛水裝、迴旋橋、計算機、滑翔翼與坦克車被「發明」的四百年前，藝術家李奧納多・達文西就畫了這些物品的設計圖。

風力飛行器

圖E

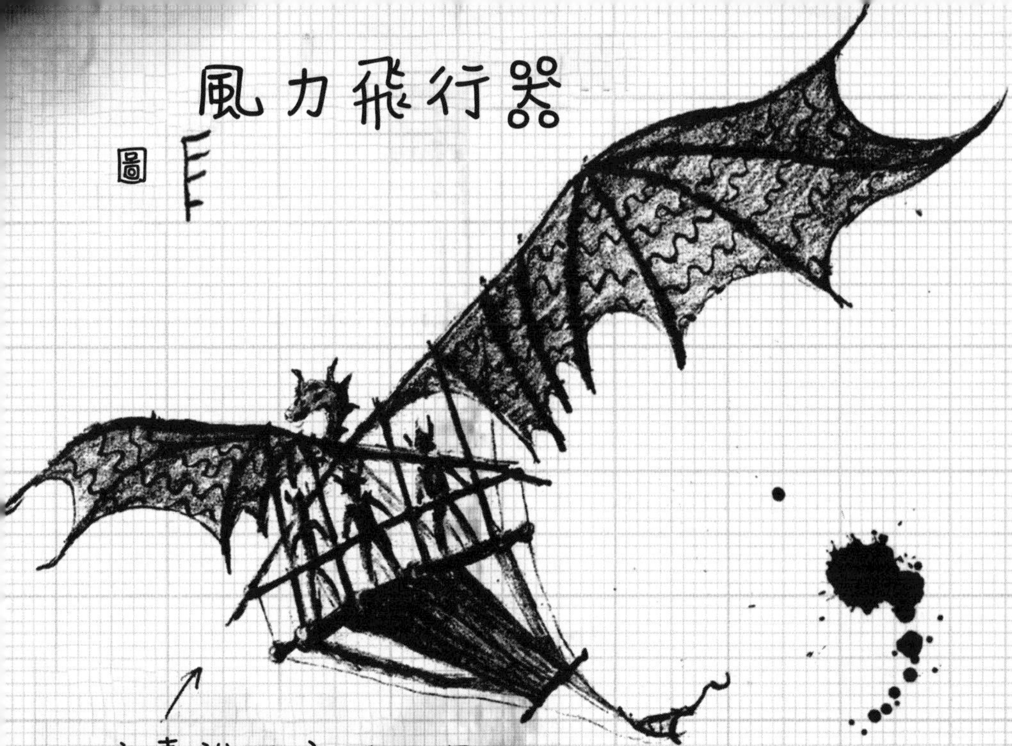

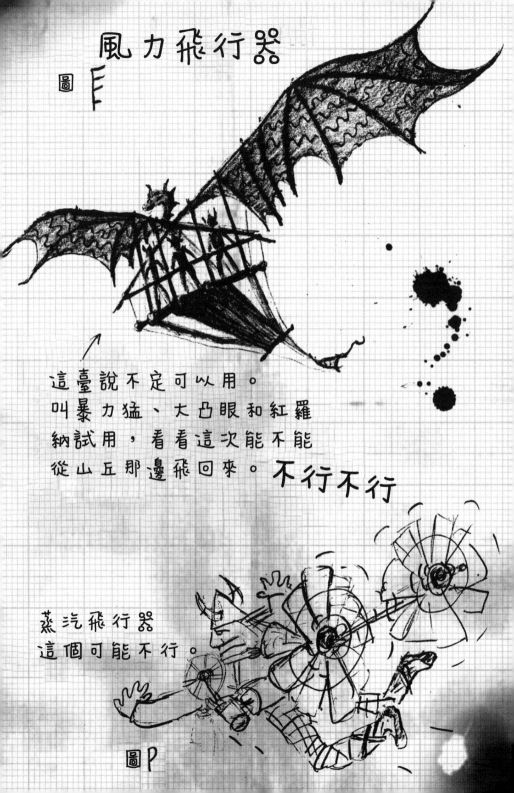

這臺說不定可以用。
叫暴力猛、大凸眼和紅羅納試用，看看這次能不能從山丘那邊飛回來。

不行不行

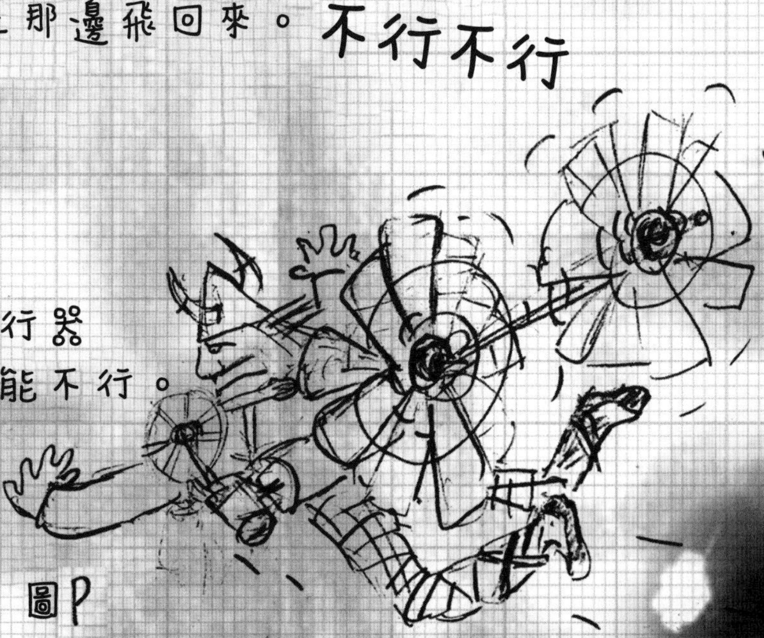

蒸汽飛行器
這個可能不行。

圖P

完成品，無法飛上天。

諾伯不時會叫三個可憐的船員試用飛行器，船員用繩索努力將機器搬到桅杆頂端，再從桅杆瞭望臺帶著它跳出去。

飛行器只在空中滯留兩、三分鐘，就會華麗麗地落到海裡，其他船員不得不把落水的可憐人救上來，並把機器修好。

還有一臺很奇妙的機器，它有個輪子和相連的大喇叭，船員會輪流用腳踩踏板，小嗝嗝看不出這臺機器有什麼功能。現在輪到暴力猛踩踏板了，他剛才被毀滅戰斧割傷了手臂，無法幫忙拉繩子或完成船上其他的工作，不得不過來踩踏板。

小嗝嗝對機器非常好奇，他甚至走過去問暴力猛在做什麼。

「這個是『防止船下沉暨嚇走大海龍機』，」暴力猛暫時停止踩踏板，以

便回答小嗝嗝。「它能防止船下沉，還能嚇跑大恐翅龍、巨無霸海龍這類的海怪。」（註4）

「**繼續踩！繼續踩啊！**」瘋子諾伯尖叫著大步走來。暴力猛連忙繼續踩踏板，快得小嗝嗝都看不清他的雙腿了。「還有

註4　諾伯的一些發明很實用，有些則沒什麼功用，可見天才和瘋子只有一線之隔。

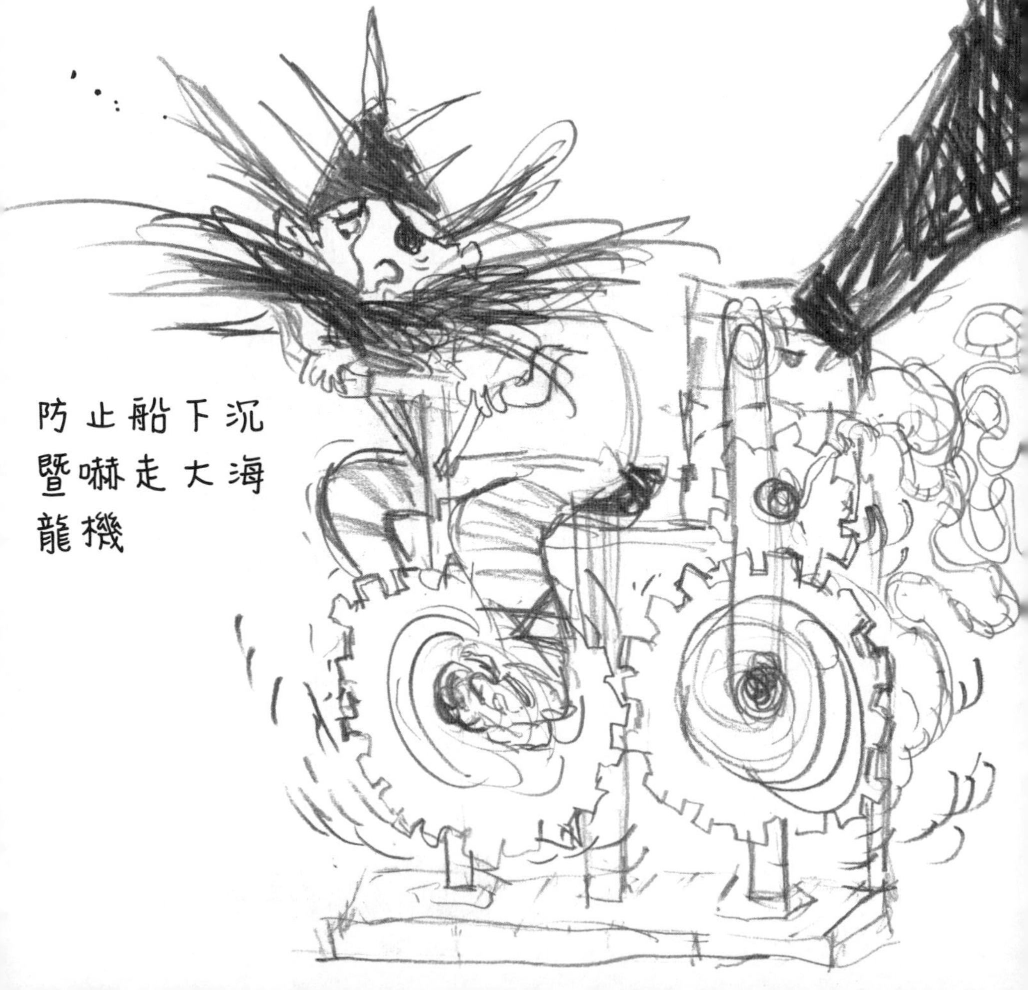

你，」諾伯轉向小嗝嗝。「**不准讓船員分心！**要是這傢伙停止踩踏板，就算只停了**一秒鐘**，整艘船就會沉到海裡，我們還會被巨大海龍攻擊。」

「原來如此。」小嗝嗝禮貌地回應。他心想：**這人真的完全瘋了**。

「你覺得，」一起離開那臺機器時，魚腳司滿懷希望地問小嗝嗝。「那個東西有用嗎？」

「怎麼可能。」小嗝嗝回答。「接著大漏斗的管子一直旋轉，也不可能防止船下沉……」

「發現美洲」大冒險的第一天即將結束，隨著華美的粉紅色、金色與紅色光芒逝去，太陽沉到海平面下。三個小維京人坐在船上，滿心憂慮……不停憂慮……憂慮不停（其實只有兩個人在憂慮，神楓在旁邊跟沒牙玩）。

他們一直憂慮到深夜，這時候歇斯底里人已經在甲板上生火，對著升起的月亮引吭高歌，唱些和維京人生活有關的歌曲，每唱一句，瘋子諾伯就大喝一聲，用戰斧敲鐵桶的底部打節拍。

「我們可以在家中火爐前，
安安全全，
身邊環繞親朋好友，
但我們選擇森冷海洋，
鹽水與英雄的墓場，
尋找曾經看過的陸地……
很久以前……曾經看過的……
喝！」

瘋子諾伯坐在陰暗的帳篷裡看大家唱歌，身軀形成扭曲的暗影，只有一雙眼睛在火光中閃爍。他叼著一根細長的菸斗，一縷輕煙蜿蜒飄向上方的船帆與夜空。

「我們可以選擇簡單的道路，
待在家裡，
身邊環繞親朋好友，
但我們選擇巨浪與大海，
船帆如龍翅般撐開……
迷失在颶風之中……
尋找曾經看過的陸地……
很久以前……曾經看過的……
喝！」

歐斯底里人在溫暖的夜裡唱歌，小嗝嗝覺得眼皮越來越沉重、越來越沉重。

就在此時，小嗝嗝身下的甲板突然開始震動，他聽到不同的聲響，猛然撐開眼皮。有奇怪的聲音開始歌唱，用小嗝嗝沒聽過的語言，唱出太過陌生、太過奇異的歌曲，彷彿鯨豚的呼喚聲。

船的深處傳出歌聲。

「那是什麼聲音？」魚腳司驚恐地圓睜著雙眼，小聲問小嗝嗝。

小嗝嗝的心直直往下沉。

他突然意識到歌聲主人的真面目。

「這艘船，」他緩緩地說。「該不會有『奴隸』吧？」

歐斯底里人也停下來聆聽，聽到歌聲轉變，變得陰森可怖。一股冰水般的震顫，順著小嗝嗝的背脊往下滾，即使聽不懂奴隸的語言，他也明白那些人想表達的意思。

沒牙害怕得像小狗似地尖嗚一聲，用爪子摀住耳朵。

那些奴隸在詛咒這艘船，詛咒這次航行，詛咒所有將他們困在甲板下的維京男人、女人與小孩……

小嗝嗝聽得汗毛直豎。

奴隸以凶惡的歌聲不停詛咒下去，直到諾伯大步走到甲板中間，用戰斧敲了地板三下，大吼：

「再不閉嘴，我就把你們全部丟到海裡溺死！」

四周又安靜下來。

小嗝嗝躺在黑暗中，心臟怦怦亂跳。他好想回家喔……

再次入睡時，夜已經深了，歇斯底里人還在唱歌：

「弱者得不到光榮，

得不到遠方那
閃亮的寶貴陸地，
噢偉大勇敢又強大的索爾，
希望那是曾看過的陸地，
很久以前……曾經看過的……
喝！」

大船繼續在月夜前行。

除了四個水手（一個控制方向，一個顧蒸汽龍，一個注意周遭，一個勤奮地踩著諾伯嚇跑海怪的機器）之外，美國夢二號上的歇斯底里人與毛流氓、朋友與敵人，全都睡著了。

但這些沉睡的小小人類並不知道，比起即將進入的遼闊世界，他們實在是微不足道。平靜的海面上，似乎沒有任何變化……但實際上，船已離開蠻荒群

島安全的淺海，越過海中隱形的界線，來到了深不見底的汪洋。

這裡的海很深很深，深得照不到陽光，宛如漆黑的水中沙漠。

在這片黑暗中，是不是有什麼東西蠢蠢欲動？開放海域大得無法想像，藏有神祕又可怕的事物，我們作夢也想不到的事物。

如果你愛作白日夢，也許會覺得恐怖的事情即將發生，深海也許有某隻蜷縮得宛如龍捲風、正靜靜沉眠的巨龍，已經準備甦醒過來，無情地游向這艘噴著蒸汽、航行在水面的小小船。

不過我們不愛作白日夢，我們知道這種事情不可能發生。

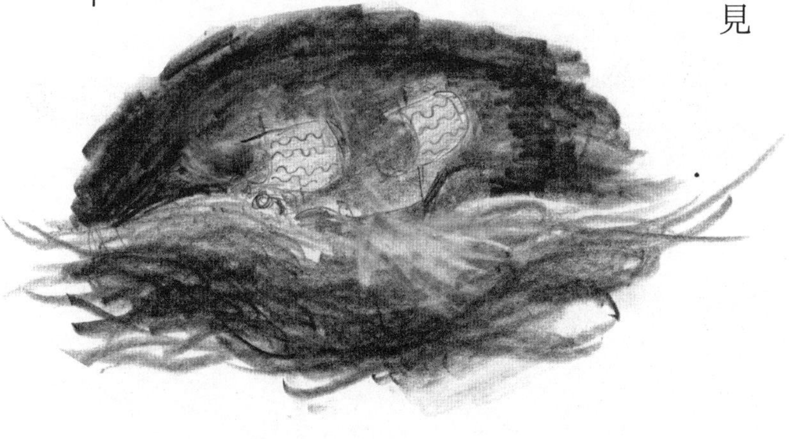

大家說龍語 沒牙想養寵物

不啊，沒牙，逆「不」養一甜甜小腳丫啃為一綿吱。

沒牙，不行，你**不可以**把可愛小老鼠當寵物養。

啪嘶窩把拔不喜歡。

因為我父親會不高興。

不一月號，或一死跑蟲，加「雙雙」不一牙恐肢吱。

也不能養狼或蠍子，**更**不能養鯊魚。

沒牙不高興的時候，
會呼出很多黑煙，
你幾乎看不到他。

你是蛇吱大叫胖，加你擠血是做吸鼻泥。

你是壞主人，你的心臟是鼻屎做的。

第八章　奴隸印記

小嗝嗝猜得沒錯，船上**的確**有奴隸。

隔天早上他對紅羅納問起這件事，紅羅納說船艙裡有一百一十九個奴隸，全都是北方流浪者。流浪者非常凶悍狂野，而且痛恨維京人。

小嗝嗝一整天、一整夜都聽到他們的詛咒聲，聲音從後甲板中央那個關得緊緊的艙門飄出來，使他不寒而慄。

兩天過去了。

小嗝嗝每天早上都去諾伯的帳篷，為諾伯解讀滴答物的指示，再隨著大船持續往北航行，氣溫不斷下降，三個小維京英雄只能整天作白日夢，幻想自己逃離這艘船。

不過對生性活潑的小龍來說，沒有比全速航行的船更有趣的遊樂場了。沒牙和暴飛飛玩得很開心，牠們在船帆繩索間飛行、被繩子纏住、把帆當溜滑梯玩、試著在不被廚師發現的情況下去炊事艙偷食物、在貨艙裡追老鼠、咬掉諾伯的袖子和鞋底。暴飛飛還會和排排站在桅杆上的狩獵龍們眉來眼去。

然而兩隻小龍玩得再怎麼瘋，也不會靠近奴隸艙，沒牙每次經過艙口就會豎起後頸的龍角，驚恐地嘶嘶叫。

三個小英雄花了點時間思考，現在他們覺得自己逃出生天的機會滿大的。

唯一的問題是，該採取什麼樣的行動才好？

「好喔，」神楓雲淡風輕地說。「我想到好幾種逃脫方法了。我可以假扮成歇斯底里人去騙其中一個笨守衛，跟他說船撞到冰山了，叫他把小登陸船放到海裡。」

「歇斯底里守衛怎麼可能相信妳是歇斯底里人！」魚腳司不屑地說。「他們再怎麼笨也不是瞎子！神楓，妳身高才四英尺，妳的頭髮是金色的，妳是女生，而且沒有鬍子……」

「**哈！**」神楓把一根手指放在自己鼻尖，一臉狡猾。「可是我只要穿上長外套，站在你肩膀上，再把諾伯的熊皮護膝貼在下巴，就能假裝我有鬍子——」

「這個計畫**絕對**不可能成功。」魚腳司說。

「既然你意見這麼多又這麼聰明，那就來說說你的計畫啊。」神楓氣呼呼地說。「我告訴你們，我逃脫過的醜暴徒地牢和凶殘部族迷宮籠，比你們吃過的熱食還多……」

與此同時，諾伯在監督船員打開奴隸艙的艙門，把食物丟下去給流浪者奴隸吃。

「別給他們太多麵包，」諾伯貪心地大吼。「我們沒必要餵飽罷工的奴隸，既然他們不想划船，就別給他們吃東西。」

諾伯不知道沒牙正在為暴飛飛表演狩獵技巧。

過去五分鐘，牠一直在繩具之間追蒼蠅，現在正飛在諾伯上方大約一公尺處，死死盯著那隻蒼蠅，全身只有翅膀和瞇起的眼睛在動。

「嗡……嗡嗡……嗡嗡嗡……」蒼蠅搖搖晃晃地繞著諾伯的頭飛行。

沒牙輕巧地在空中挪動身體，蓄好力氣準備飛撲。

蒼蠅又漫無目的地嗡嗡飛了一下……

……然後降落在諾伯翹起來的髮梢。

「**咿咿咿呀啊啊啊啊啊——！**」

沒牙發出功夫貓咪般的叫聲，伸長爪子撲到諾伯頭上。

諾伯這個人不怎麼放鬆，用「緊繃」形容他一點也不為過，所以一隻龍突然落在他頭上時，他的反應是發出

消防車般的尖叫，被蜜蜂螫了似地猛然一跳，一條亂揮的手臂不小心推倒一名歇斯底里船員……船員撞上小嗝嗝……小嗝嗝腳一滑，整個人摔進奴隸艙，一隻手勉勉強強抓住艙口邊緣……

……然後，諾伯頂著趴在他頭上的沒牙，高呼一聲「小嗝嗝！」就跌跌撞撞地跑過來幫忙，結果踩到小嗝嗝抓著艙口邊緣的手指。

小嗝嗝鬆開手，摔入奴隸艙……

……還記得昨天小熊的阿嬤說的話嗎？如果有維京人摔進奴隸艙，她就要狠狠「修理」那個人……

……小嗝嗝摔進船艙，艙門重重關上。

一陣短暫的沉默。

然後是無與倫比的混亂。

「啊啊啊！」瘋子諾伯目送帶他前往美洲的嚮導摔進洞裡，眼見這趟旅程將以失敗告終，他放聲尖叫：「把他弄出來！快把他弄出來！他們會殺了他！」

但船員們沒辦法開啟艙門，剛才鑰匙弄丟了，船員正到處找鑰匙。

神楓、魚腳司和諾伯焦急地拉扯鐵柵，瞇著眼睛往艙裡望，試圖看清下方發生的事。

黑暗的奴隸艙傳出駭人的叫喊與尖叫。

小嗝嗝怎麼了？

小嗝嗝往下墜、墜、墜，墜入陰暗的船艙，落在木板上，旁邊是流浪者正在吃的紅蘿蔔、麵包與甘藍菜。

一時間，令人驚愕的死寂傳遍船艙。

隨之而來的是憤怒的吼聲。

「**是維京人！**」一個高大的流浪者用族語大喊，邊氣憤地拉扯身上的鎖鏈。

「**殺了他！**」小熊阿嬤用族語尖叫。她露出滿口尖牙，一把抓住小嗝嗝的腿。「**打死他！**」她發出類似狼的低吼。

「這個維京人還滿『小』的。」大塊頭流浪者抓住小嗝嗝，有點猶豫地用族語說。他舉在空中的手停下了動作。

小嗝嗝知道流浪者除了他們的母語之外，還會說龍語。（註5）

於是，他直接用龍語和他們對話。

註5　而大部分的維京人都失去了和龍蛇交談的能力。

「拜託不要殺我……」小嗝嗝小聲說。

大家又震驚地沉默片刻。

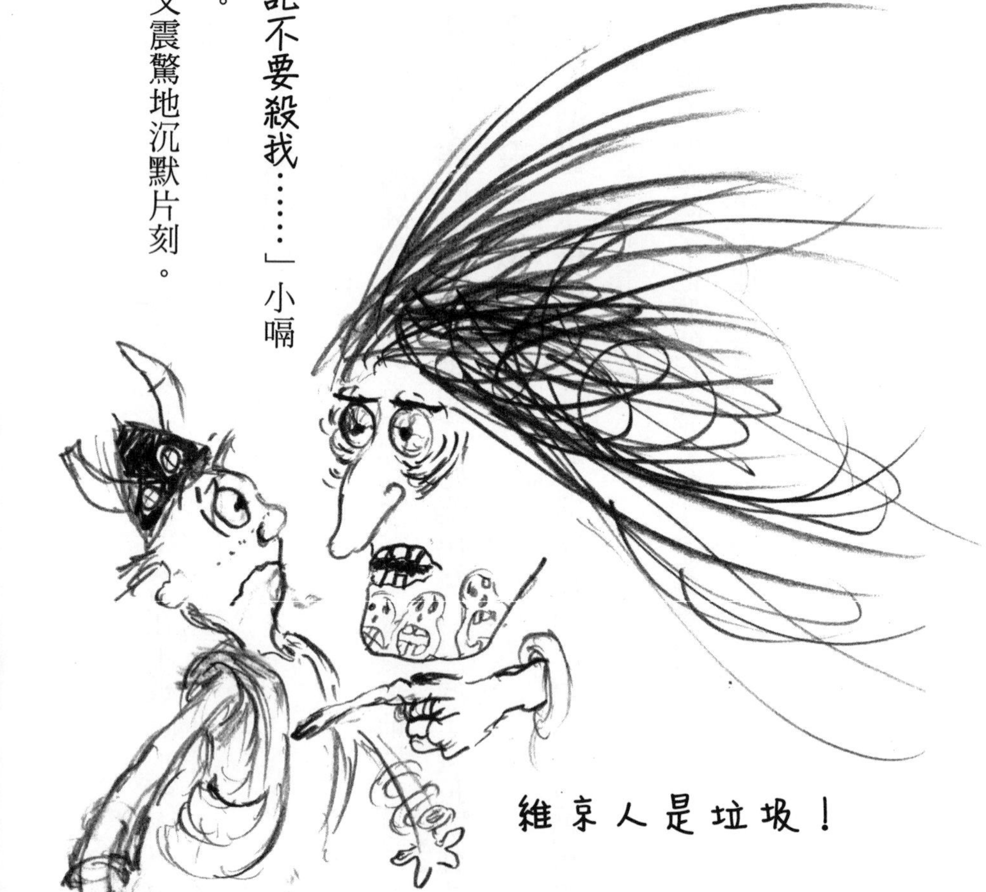

「這個維京人會說龍語！」小熊阿嬤訝異地用族語說。

「拜託不要殺我……」小嗝嗝重複道。

「你憑什麼要我們饒你性命？」小熊阿嬤憤怒的語氣非常可怕，她睜大雙眼，像眼鏡王蛇似地用令人暈眩的視線盯著小嗝嗝。

「從過去到現在，『你』們的人就一直殘殺『我』的人，你們搶我們的東西、欺騙我們，還把我們當奴隸賣掉。維京人，歷史站在我們這一邊，你憑什麼要求我們放過你？」

小嗝嗝從沒遇過流浪者，不過眼前的這位看起來很嚇人，她的頭髮亂得像一團稻草，一雙陰森、憂鬱的眼總是注視著遠方，彷彿看到什麼可怕的東西。

她骨瘦如柴的手抓住小嗝嗝脖子。「你是維京人，你們維京人都是垃圾，你們邪惡又殘暴，專門奴役龍族和人類。你現在年紀還小，但我們應該在你長大變成臭老鼠或狡詐的狐狸之前，趕快把你殺掉。」她的聲音因憤怒而微顫，長長的指甲抓破小嗝嗝的皮膚，小嗝嗝害怕自己被掐死。

「不是每一個維京人都那麼壞。」小嗝嗝出聲抗議。

剛才摔進奴隸艙時，小嗝嗝的頭盔從頭上掉了下來，落在旁邊的木板上。

小熊從剛剛就一直盯著小嗝嗝的頭，現在指著小嗝嗝的頭髮說：

「阿嬤，妳看，他沒有長角。」

「什麼東西？」小熊阿嬤凶巴巴地問。

「妳不是說維京人都是頭上長角的惡魔，所以才要戴形狀很奇怪的頭盔嗎？」小熊說。「可是妳看，這個維京人沒有長角。」

「哼。」小熊阿嬤嗤之以鼻，伸手在小嗝嗝蓬亂的紅髮中摸來摸去，尋找惡魔角。「說不定他的角還很小，我們看不到，反正他絕對有長角，他頭上有一些凸出來的地方，以後會變成角。」

「如果你們不殺我，」小嗝嗝近乎絕望地央求道。「我一定會幫助你們。」

小熊阿嬤怨憤地笑了一聲，晃了晃身上的枷鎖。「沒有人能幫助我們，」

她睜開陰鬱的雙眼，用龍語說。「我們『完了』……我詛咒了這艘船，所以我們『所有人』都完了。」

「嗯，我有聽到。」小嗝嗝緊張地說。他暗想：**怎麼又是個瘋子？**「可是我們現在要往北航行，你們的故鄉不是在北方嗎？等我們接近那裡，我會幫你們逃走。」

又是短暫的沉默，接著一旁的流浪者開始興奮地交頭接耳。

小熊阿嬤可沒那麼興奮。「你怎麼可能幫我們？」她懷疑地說。「你個子這麼小……」

「我會想辦法的。」小嗝嗝說。「我以前就做過這種事，我相信這次我也做得到。」

奴隸艙裡，充斥著漫長的死寂。所有人都注視著小熊阿嬤，她則緊盯著小嗝嗝，雙眼望進他眼底，彷彿一絲希望正與一輩子的痛苦經驗搏鬥。

「你是維京人，」最後，她說。「我覺得你這麼說只是要我們放你走，等你爬上甲板、回到自由的世界，就會馬上忘了我們。」她用下巴示意上方的艙口，小嗝嗝聽到其他維京人焦急地對艙門又敲又打，試圖打開它。

「我對妳發誓。」小嗝嗝說。

「維京人的誓言一文不值。」小熊阿嬤罵道。她若有所思地打量小嗝嗝，問他：「維京人，你叫什麼名字？」

「小嗝嗝．何倫德斯．黑線鱈三世。」小嗝嗝回答。「我父親是毛流氓部族的族長，偉大的史圖依克。」

「原來是維京『貴族』啊。」小熊阿嬤諷刺地說。話雖如此，小嗝嗝說的話還是讓她停下來思考，暫時沒有要殺他的意思。「很有趣嘛，老鼠王，狐狸王，能和您見面是我們的榮幸。」

她瞥見某個靠在船艙柱子旁的金屬工具，那是個看起來很可怕的條狀物品，末端是沾了深藍色墨水的「S」。

「好啊，維京人，」小熊阿嬤說。「我們接受這筆交易，我們可以放你一條生路，但你必須付出代價，我會幫你印上奴隸印記。野子、孤狐，把他抓緊……」

「不要！」小嗝嗝尖叫著奮力掙扎。

「要蓋上奴隸印記非常簡單，」小熊阿嬤緩緩地說，拿著那根工具走近他。「可是一旦蓋上它，你就再也沒辦法把它除掉了。」她忿忿指向自己手上的藍印。

「扣住他的頭。」小熊阿嬤命令野子和孤狐。

「我要把印記蓋在甲板上那些維京惡魔平常看不到的地方，免得他們懷疑我們之間達成了共識。」

小熊阿嬤把印記蓋在小嗝嗝左耳上方，一秒後，小嗝嗝頭側多了一個搶眼的藍色印記，它將像刺青一樣，陪伴小嗝嗝度過一輩子。

「這下子，你別想忘了我們。」小熊阿嬤陰沉又滿意地說。

上方的艙門終於開了，刺眼的亮光湧進暗室。

瘋子諾伯氣憤的紅臉出現在洞口，他大聲尖叫：「**你們要是敢碰他一根汗毛，我就把你們全部抓去餵龍蝦！**」他接著大吼：「**小子，快爬上來！**」

一條繩索被拋進船艙。

「快以奴隸印記發誓你會幫我們逃走，否則別想離開這裡。」小熊阿嬤低聲說。

「**我發誓。**」小嗝嗝近乎哭著喘氣回答。他用雙手抓緊繩索，讓歐斯底里人把他拖出奴隸艙。

「阿嬤，妳看！」小熊興奮地用族語說。「我們沒有完蛋！我請諸神救我們，果然有人來了！」

「我們**還沒**得救。」小熊阿嬤嚴厲地回答。

艙門再次緊閉，艙內只剩黑暗。

「還有，把鼻子擦乾淨，」黑暗中傳來小熊阿嬤的碎唸。「你一直流鼻涕，髒死了。」

第九章　極蛇之地

美國夢二號穩定北行，氣溫越來越低、越來越低，天色越來越暗、越來越暗，直到無論是白天或夜晚，四周都只剩無盡黑暗。這，就是流浪者部族的家。

這是個陰森的地方，比船桅還高的冰山從旁漂過，在霧中劈啪、吱嘎作響，分裂成好幾座小冰山。

歇斯底里船員在工作時

變得安靜無聲，就連諾伯也壓低音量，即使是舉著戰斧罵船員，也只是用凶狠的氣音威脅他們。這是因為，他們來到了北極蛇龍的世界。

北極蛇龍是巨大的白龍，和大海象一樣喜歡在冰上睡覺。小嗝嗝覺得牠們有點像維京人用來拉雪橇的劍齒拉車龍，只不過沒有劍齒，而是從鼻尖長出像獨角獸或獨角鯨那種白色長角。

北極蛇龍會在冰山下游泳，看到在冰上休息的海豹和企鵝群時，就會在冰層打洞，讓不知死期將至的獵物落入水裡的血盆大口。

成群獵食的北極蛇龍相當恐怖，牠們進食的速度比食人魚還快，哺乳動物很快就會被吃得只剩骨頭。在北極蛇龍眼中，人類就和海豹一樣好吃。

說不定還略勝一籌。

當然，在船上的人不用怕北極蛇龍攻擊……但他們靜靜經過那些生物時，小嗝嗝還是用力吞了口口水。他發現諾伯的狩獵龍也都小心待在船上或船的附近，不敢飛遠。

北極蛇龍

～統計資料～

顏色：白色，帶著淺灰色斑紋。

武器：利爪與長矛般的角。

恐怖：………………6

攻擊：………………7

速度：………………7

體型：………………5

叛逆：………………6

北極蛇龍住在北方，會像海豹一樣趴在平坦的冰山上晒太陽。牠們外表很美，內心卻相當殘忍，有時甚至會成群攻擊北極熊。北極蛇龍大多將巢築在雪堆、冰層裂縫或冰山上。牠們能撐開翅膀當帆，用肚子在冰上滑行，達到驚人的速度。

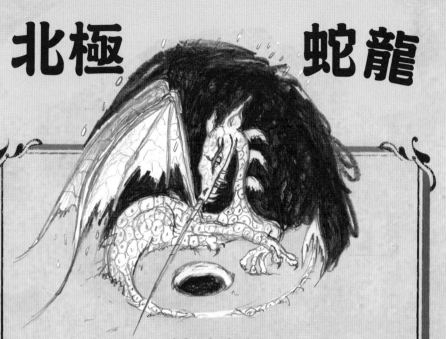

狩獵龍們棲息在桅杆上，宛如一排不懷好意的歐椋鳥，牠們盯著北極蛇龍，北極蛇龍也盯著牠們。

不久，諾伯受不了北極蛇龍的視線了。

「**你們這群白色大蛆，不准看我！**」他對北極蛇龍群揮舞戰斧，瘋狂大叫。「**不然我就過去把你們的角都砍掉！**」

他抓起裝著午餐廚餘的大釜，把廚餘倒進海裡。

冰上的一尊尊白雕像立即活了起來，像白色巨鱷般滑入水中，有三十、四十、五十、六十……三百隻。

五分鐘後，大船後方的海水成了瘋狂擾動、沸騰的紅色，北極蛇龍群爭先恐後地搶食廚餘。

牠們瘋狂爭食，甚至互相攻擊，把同伴分屍。

那之後，諾伯又繼續用氣音說話了。

小嗝嗝時時刻刻感覺到藏在頭盔下的奴隸印記，但他知道這件事必須保密，不能告訴魚腳司和神楓。蠻荒群島關於奴隸印記的法律非常嚴苛，無論是否自願，只要蓋上這個印記，都會自動變成流放者。

有奴隸印記的人更不可能當「族長」了。如果小嗝嗝成功逃回家（船都已經來到極蛇之地，他開始覺得自己永遠回不了家），就得一輩子守著奴隸印記的祕密，不能對任何人透露，要是讓鼻涕粗那種人發現的話……

小嗝嗝努力不去想這件事，他得專心想辦法逃走。

問題是，逃跑變得比之前困難許多。神楓（沒什麼幫助地）指出，三個人

奴隸印記蓋上去很容易，卻不可能移除。

要逃跑還算可行，可是一百二十二個人要在不被綁匪發現的情況下逃走，就沒那麼簡單了。

「我們自己要逃明明就很簡單，」神楓抱怨道。「你幹麼突然說要救那些人？他們又不是維京人，拜託，他們可是『流浪者』耶，你沒聽過流浪者的傳言嗎？要是我們放他們自由，他們搞不好會直接殺了我們。」

「我不是說了嗎？」小嗝嗝不悅地說。「他們逼我發誓，我也沒辦法啊。」

小嗝嗝坐在美國夢二號的瞭望臺上，一直想、一直想、一直想。他的兩條腿在空中晃來晃去，視線跟著互相追逐的暴飛飛和沒牙繞了一圈又一圈。

窩、窩、窩去去號尖叫……
我要尖叫了……
（四十五分鐘後）

逆窩眼、眼、眼不閉！
你把我吵醒了！

什麼「這」？
「這個」是什麼？

那不眼眼似鹽、鹽、鹽東東……
那看起來不像牡蠣……

「那」眼眼似吸鼻泥……
「那個」長得像鼻屎……

吸鼻泥加、加、加烏賊墨東東……
有黑點點的鼻屎……

窩不喜歡烏賊墨東東……
是噁、噁、噁心噁心。
我不喜歡黑點點。超噁心。

隨便，窩太準備打
呼要啃啃。
隨便啦，反正我太
累了，不想吃東西。

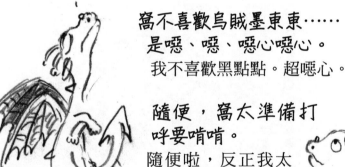

深夜裡……

我肚子很餓

窩有㛊、㛊、㛊㛊肚肚尖叫。

我肚子很餓。

窩不打嗝是打呼時間中間。

就算現在是半夜我也不管。

否則我就大聲尖叫，
大聲到連英靈神殿的人
都聽得到

窩需吃吃「劈啪」！

我現、在就要吃東西！

嗚窩要號尖叫叫特強音他們耳窩在大人類家。

否則我就大聲尖叫，大聲到連英靈神殿的人都聽得到。

窩需鹽、鹽、鹽、鹽、鹽東東。

我要吃牡蠣。

逆抓、抓、抓鹽東東低在地勺。不星遠。

你可以去海港找牡蠣。又不遠。

第十章　沒牙的炊事帳大冒險

到底該怎麼逃離這艘船呢？最後，是沒牙回答了這個問題。

一天下午，小嗝嗝從瞭望臺往下望，看到暴飛飛和沒牙溜出炊事帳，牠們剛才是趁廚師和諾伯邊看美洲地圖邊談話時偷偷跑進去的。

兩隻小龍飛得東倒西歪，暴飛飛的身體變成彩虹色，牠在空中翻滾飛行還邊打嗝，呼出一口口小型爆炸火焰與金煙。

沒牙似乎正倒著飛行。

牠也在打嗝，而且每打一次嗝，鼻孔就噴出一串金色小泡泡。

「他們在做**什麼**啊？」神楓問。她低頭望向兩隻橫衝直撞的小龍，差點摔下瞭望臺。

「他們好像**喝醉了**。」魚腳司驚訝地說。

沒牙的身體糾纏在繩具之間，暴飛飛則笑得前仰後合，幾乎無法幫沒牙脫困。

「**這個空氣，很、很、很『纏』耶嘿嘿。**」小嗝嗝聽到沒牙口齒不清的聲音。

脫困後，兩條小龍繼續飛行，經過小嗝嗝所在的瞭

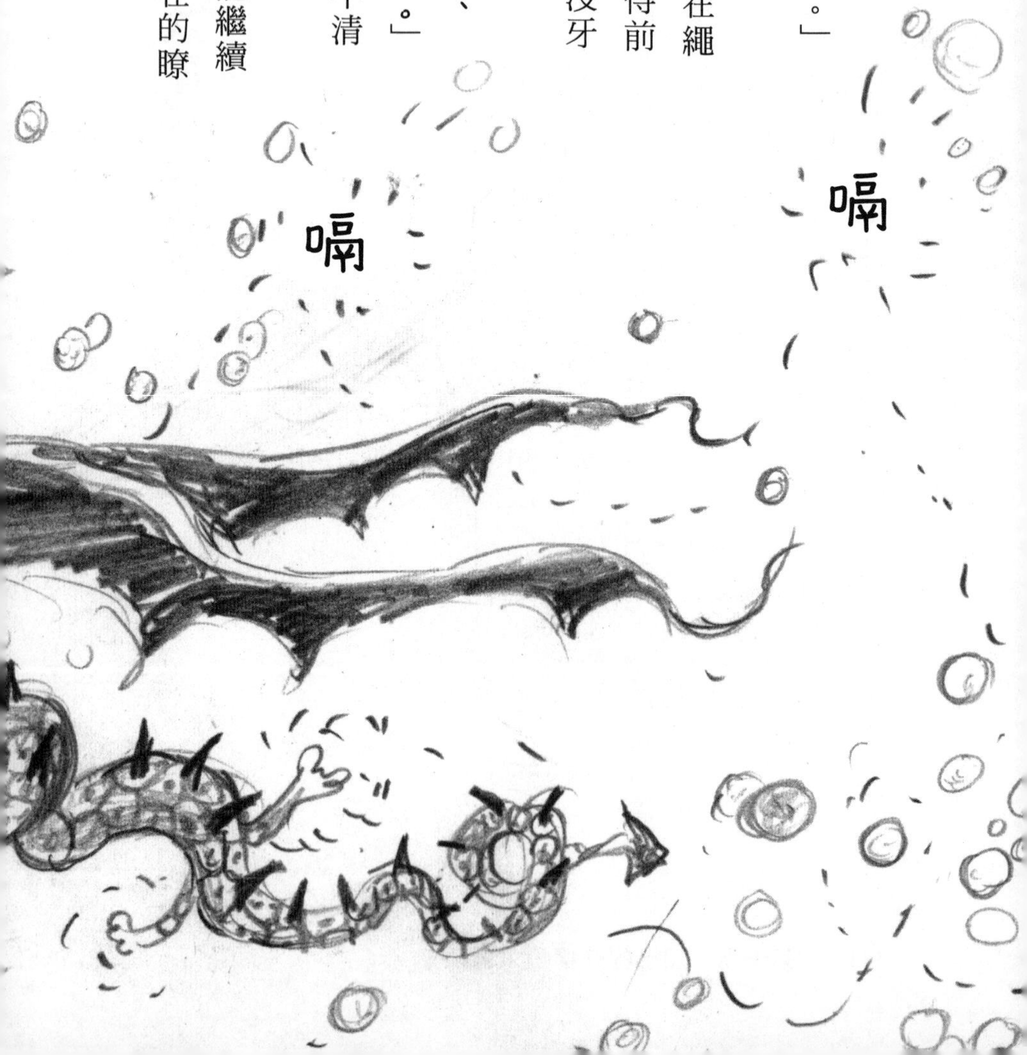

望臺。

「這位很高的男士是『隨』啊？」沒牙第二次撞上桅杆時說。「他一直擋我的路。」

「沒牙！暴飛飛！」小嗝嗝高喊。「你們過來！」

「那邊那個男、男、男生好、好、好像在叫妳，」沒牙告訴暴飛飛。「嗝……喔……抱歉……」

牠們飛向坐在瞭望臺上的小嗝嗝、神楓和魚腳司，邊打嗝邊亂晃

邊呼出泡泡。

「你們在做什麼啊？」小嗝嗝罵道。

「我不是叫你們不要接近炊事帳嗎……」

「『我』可沒有接近炊事帳，沒牙你呢？」暴飛飛慵懶地說。

倒著飛行的沒牙用力點頭，以至於金色泡泡從耳朵湧出來。

「絕對『沒有』。」牠眼神渙散卻又一本正經地說。「沒、沒、沒、沒牙『沒有』進炊事帳……沒牙沒、沒、『沒有』打開超棒的嘻嘻好喝罐、罐、罐子……沒有偷喝好、好、好喝癢癢泡泡檸檬汁……喔喔喔……嗝……嘻嘻……又一個過去了……沒牙沒有去那邊……沒牙……沒牙……」

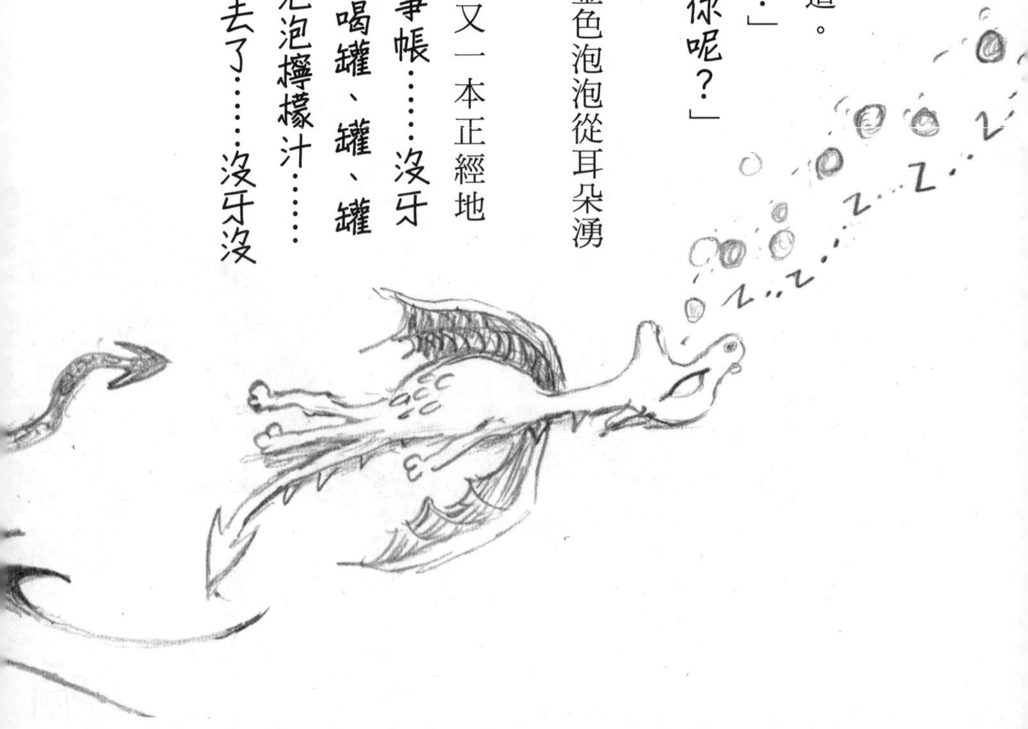

牠用一片混亂的腦袋努力思考，尋找超級棒的藉口，然後得意地說：「沒牙在羅、羅、羅馬。」

「是嗎？」小嗝嗝禮貌地問。他小心地把沒牙的身體轉正，抱在懷裡。

「或是在煙囪裡。」沒牙似乎不曉得哪一種說法比較有說服力。「跟沒牙的好、好、好朋友……元、元、元老待在一起。」

說完，沒牙和暴飛飛都突然陷入沉睡，暴飛飛還從剛剛站著的地方往下摔，還好神楓及時接住牠。

牠們像兩隻冬眠的小灰熊，呼呼大睡。

嘴邊還沾了有點黏黏的黃褐色物質。

「**龍薄荷**。」小嗝嗝若有所思地說。「炊事帳應該有一罐龍薄荷。」

龍薄荷是一種能引起睡意的無

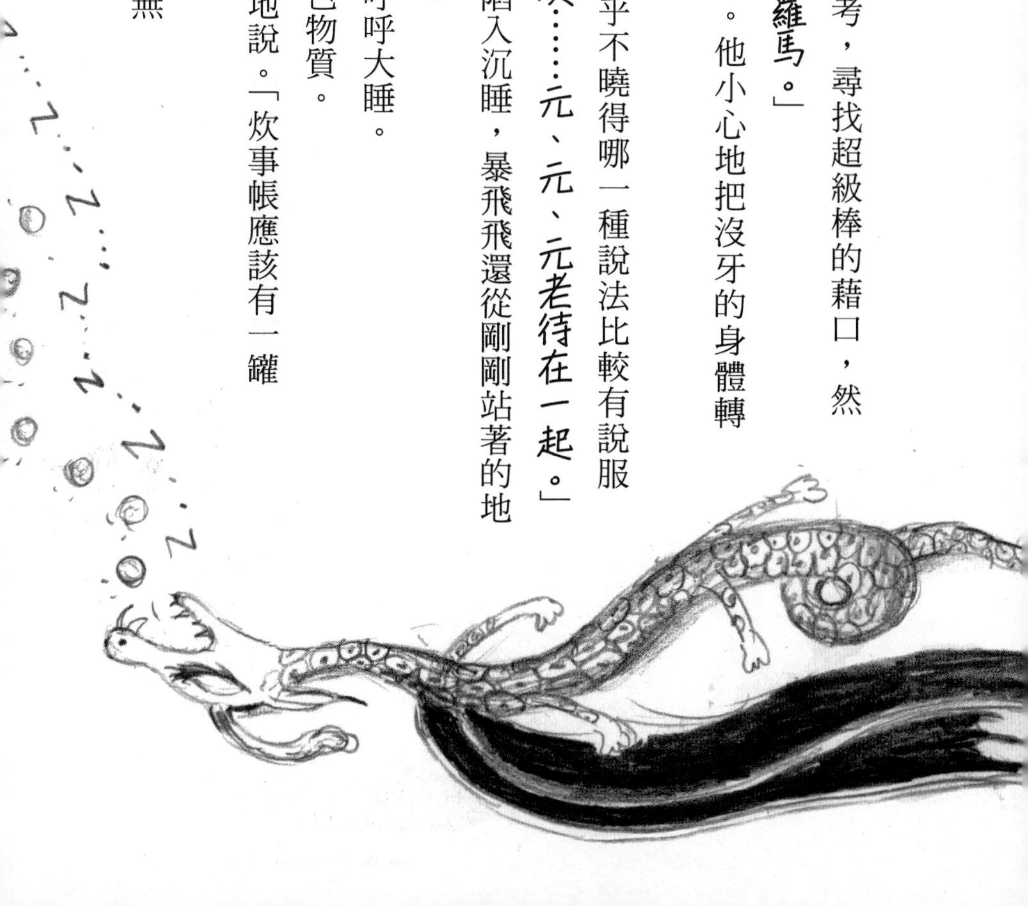

害物質，採自遊閒龍的汗腺。

「只要在晚餐裡偷放一點龍薄荷，吃了的人接下來十二個小時都會昏睡不醒……」小嗝嗝說。「好，我覺得今晚很適合逃離這艘船。」

第十一章　逃離美國夢二號

滿月照在冒著蒸汽穿梭冰山之間的大船上，當晚，美國夢二號的船員吃了一頓大餐，但他們不知道湯裡加了很多龍薄荷。

小嗝嗝偷偷溜進了炊事帳，把龍薄荷倒進那鍋不停冒泡的湯。

歇斯底里船員無視陰森的周遭，對著上空的月亮大聲歌唱，用晚餐盤敲擊甲板，瘋子諾伯還拿出他的維京提琴瘋狂拉奏。歇斯底里人跳著狂野舞步，而北極蛇龍則像冰雕般靜靜坐在冰山上，只有一雙雙眼睛跟著喧鬧的大船移動。

然後，龍薄荷終於發揮強大的藥效，歇斯底里人一一原地癱倒，他們不管本來在做什麼，全都睡倒在地。

諾伯躺在地上打呼，小提琴還夾在下巴與肩膀之間。血腥大凸眼睡昏了頭，以為自己還是依偎在母親身旁的三歲小孩，靠在暴力猛胸前熟睡。

紅羅納正在踩「防止船下沉暨嚇走大海龍機」的踏板，他越踩越慢，最後完全停了下來，趴在把手上打呼。

廚師整個人埋在蝸牛水母派上（那之後，他花了三天清出鼻孔裡的蝸牛殼與蝸牛卵）。

小嗝嗝、神楓和魚腳司等到甲板上所有人都沒了動靜，以防萬一，他們又多等了五分鐘。他們很慢很慢、很安靜很安靜地沿著繩具滑下桅杆，熟睡的沒牙被小嗝嗝放在胸前口袋，暴飛飛則像圍巾一樣掛在神楓肩膀上。

他們躡手躡腳橫跨美國夢二號的甲板，很小心、**很小心**地從正在打呼的歇斯底里人身上跨過去，飄在湯鍋上方那甜膩的黃褐色煙霧令他們雙眼泛淚。小嗝嗝很輕很輕地從諾伯手腕取下滴答物，重新綁在自己手上。

神楓輕手輕腳地從諾伯腰帶取下一大串鑰匙，打開奴隸艙的艙門，下方就是被囚禁的流浪者們。他們三人協力拉動艙門，艙門才**吱**、**吱**、**吱**、**吱嘎**！一聲掀起來。他們把繩索和鑰匙丟下去，小嗝嗝盡可能以大聲的氣音叫艙裡的流浪者解開鎖鏈，一個一個爬上甲板。

最先出來的兩個人是小熊和小熊阿嬤。

小熊非常興奮，他繞著阿嬤手舞足蹈，用族語尖聲說：「我就說吧！我就說他會來救我們！妳看！妳看！不是**所有**的維京人都是壞蛋！我們沒有完蛋！」

小熊阿嬤當然為自己獲救感到高興，卻也因為她的「完蛋預言」沒有成真而感到不滿。「哼，」她不悅地用族語回應。「我們**還沒**得救，要是其他那些維京人有**一個人**醒過來，我們就跟恐龍一樣死定了……我們都**完蛋了**……做好被獵殺的心理準備吧……」

「你們知道要怎麼從這裡回到你們的家嗎？」小嗝嗝看著滴答物，憂心忡忡地問。「還有，等你們回到家，能不能告訴我們怎麼回博克島？」

四周是白茫茫的一片荒野，小嗝嗝覺得這不像個適合居住的地方，可是小熊阿嬤雖然很努力表現得若無其事，瘋狂的眼裡卻閃爍著欣喜的亮光。她深深呼吸針扎般的冷空氣，凝望冰原的霧氣，彷彿對這一切十分熟悉。她點點頭。

「流浪者永遠不會迷路，」她用龍語說。「我們不用你那個可笑的小玩意就能回家，之前那個拿戰斧的維京人要是夠聰明，他可以直接問我怎麼去美洲，這點小事可難不倒我……」

小嗝嗝試著「安靜」地放下幾艘登陸小船，卻還是發出不小的聲音，每當船槳的碰撞聲響起，他只能焦慮地跳上跳下，看著歇斯底里戰士在睡夢中呢喃。歇斯底里人全副武裝，身上佩帶長劍、戰斧和各式各樣的匕首，小熊阿嬤說得很有道理：小嗝嗝敢打賭，這些人要是醒過來，他們就死定了。

不過今晚，運氣似乎站在小嗝嗝這一邊。

七艘登陸船都成功入水，沒有一個歇斯底里人醒過來。

流浪者紛紛上船，第一艘小船在霧中啟航，小熊阿嬤直挺挺地站在船頭，指往家鄉的方向。

最後一艘登陸船也坐滿了人，只剩小嗝嗝、魚腳司和神楓了。

魚腳司看著小嗝嗝翻過美國夢二號的船緣，往下爬向最後一艘登陸船。

左邊和右邊近處有扁平的冰山，神楓代替睡死的紅羅納踩踏板，正小心翼翼地控制美國夢二號直線前進，免得撞上旁邊的冰山。暴飛飛被她綁在胸前，小龍忽然在睡夢中用力一動，神楓握著方向盤的手不小心動了一下……美國夢二號猛然往左偏……

……**好巧不巧**，小嗝嗝正抓著繩索末端，準備跳進下方的小船。

「哇啊啊啊啊！」小嗝嗝驚呼。繩索把他整個人往前甩，登陸船現在在他後方。「神楓，看路！」

可是暴飛飛好像在作噩夢，牠在神楓胸前胡亂扭動，尾巴拍打神楓的臉，害主人看不到前面。在那關鍵的幾秒鐘，美國夢二號歪歪扭扭地往前進，擦過左側的冰山。暴飛飛終於停止掙扎，神楓好不容易控制住大船……可是剛才擦

撞冰山時，小嗝嗝不小心鬆開手中的繩索，開始往下掉……

第十二章　快、快、快、快跑啊啊啊啊！

……他的屁股重重落在冰上，周圍是一圈北極蛇龍。

北極蛇龍群緩緩轉動脖子，像貓頭鷹一樣轉了一百八十度，直直盯著小嗝嗝。

「好喔……」小嗝嗝結結巴巴地說。「別激動……北極蛇龍乖……北極蛇龍最棒了……你們尖尖的角好漂亮啊……」

「是不是，」離他最近的北極蛇龍用高亢的聲音說。「很適合把你插死啊？」

「**快、快、快、快、快跑啊啊啊啊！**」在美國夢二號甲板上的神楓大喊。

不用她說，小嗝嗝也知道。

他手忙腳亂地站起來，雙腳在冰上滑來滑去。

北極蛇龍在冰上的行動方式非常奇怪，小嗝嗝若不是忙著逃命，也許會覺得這畫面賞心悅目。一半的北極蛇龍撐開翅膀，把翅膀當風帆，牠們繃緊利爪，用平滑的肚子在冰上迅速滑行，鼻子像飛鏢一樣直指目標——小嗝嗝。剩下的北極蛇龍像鱷魚似地靜靜滑入海水，從冰下追蹤小嗝嗝。

「不要滑倒，不要滑倒，不要滑倒！」小嗝嗝哀求自己雙腳。他緊緊

抱住沒牙，免得奔跑時牠掉出背心口袋。小嗝嗝聽到北極蛇龍越滑越近，尖爪刮過冰面，發出刺耳的噪音。

在冰下游泳的暗影，像燕子般從小嗝嗝腳下掠過。

美國夢二號依然在冰山旁冒煙。

「小嗝嗝，撐著點！」抓著方向盤的神楓大喊。「我們來救你了！」

但小嗝嗝沒空「撐著點」，他這輩子從沒跑得這麼快過。

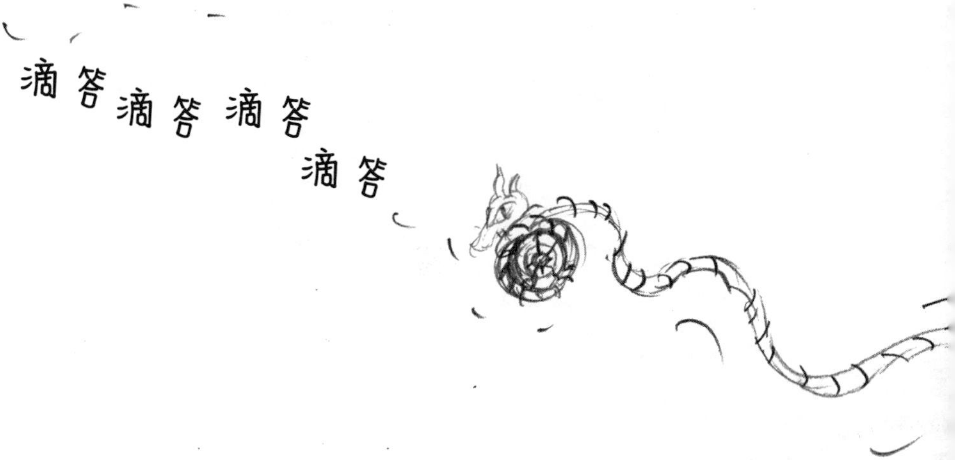

「哼，」小熊阿嬤用族語說。「情況不妙。」她嘖嘖幾聲。「相信我，那小子活不了多久了。」她高舉一根瘦巴巴的手指接著說：「他**完蛋**了。他**完蛋**了。」

在這種情況下，她的預言很有可能實現。

喀喀喀、喀喀——喀嚓砰砰砰！

小嗝嗝前方的冰層，突然冒出一根長長的尖角。

他及時轉彎避開龍角。

喀喀喀、喀喀喀喀嚓！喀喀喀嚓！喀喀喀喀喀喀！

又有三根尖角從冰下突刺上來，小嗝嗝也堪堪閃過。

「**快殺了他們！**」神楓尖叫。

魚腳司拿起諾伯的大魚叉弓箭。

沒有人知道魚腳司打算怎麼用一支魚叉殺死「五十隻」北極蛇龍，反正他倒著拿魚叉弓，魚叉大致瞄

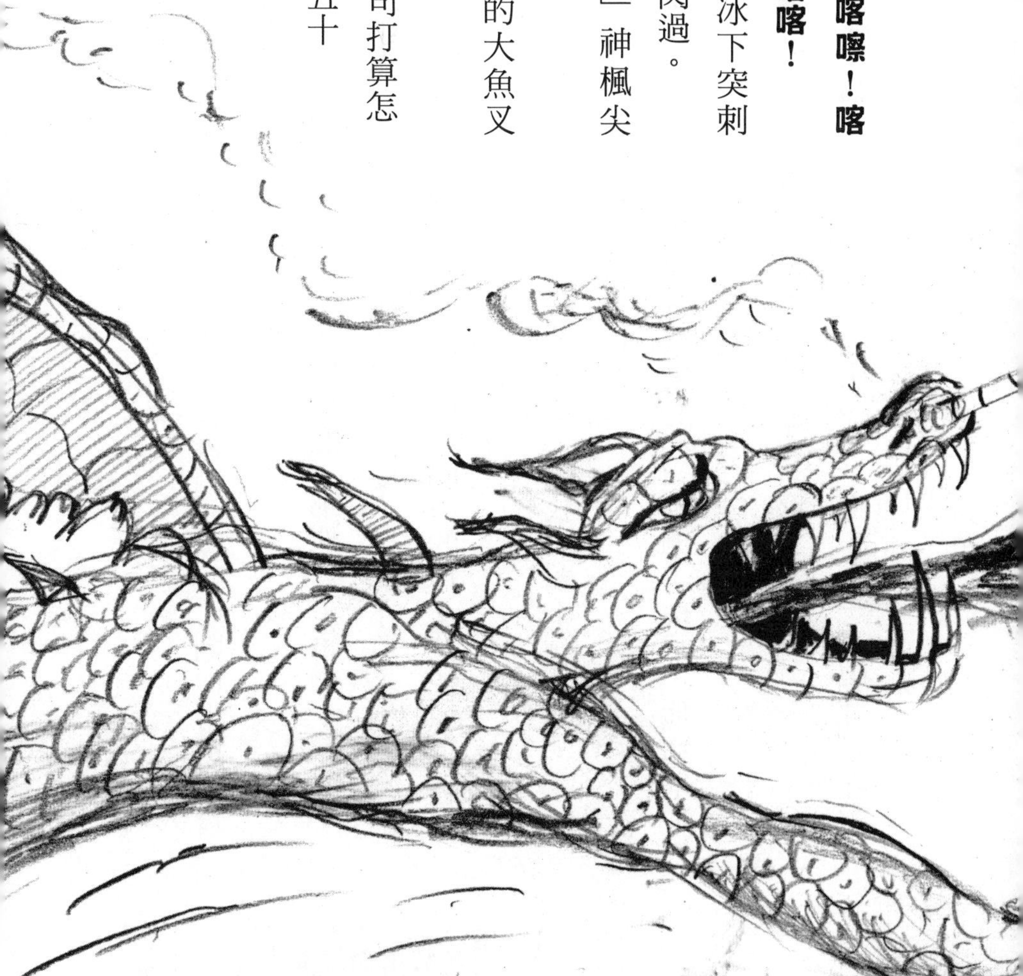

向北極蛇龍群，雙眼緊閉。

發射魚叉時，魚腳司放開握弓的手，整個人往後倒，魚叉弓則從甲板的這邊彈到另外一邊，卡在船緣下。

魚叉劃過空氣，如果魚腳司剛才是瞄準北極蛇龍，那他差了超過十公尺。

但如果他瞄準的是小嗝嗝，那就超級無敵準了，要不是綁在魚叉上的繩子太短，小嗝嗝應該會被當胸刺穿。繩子將迅速飛向小嗝嗝的魚叉拉住，「噹啷」一聲落在冰上。

「你射我做什麼啦！」瘋狂逃命的小嗝嗝大吼。「嫌我問題不夠多嗎？」

魚叉落在他面前，在冰上彈動時激起雪花。

「喔，原來如此……」小嗝嗝喘著氣說。眼見魚叉被繩子拖走，他猛地往前撲……

……他差一點點就可以用雙手抓住繩子，繩子卻溜走了。

「我的雷神索爾啊……**痛**！……能不能……幫我一把……」小嗝嗝趴在雪

中哀求。

然而雷神索爾似乎暫時失聰了，只見北極蛇龍群聚集過來準備殺死獵物，嘴裡噴射閃電般的火焰，差點把可憐的小嗝嗝烤焦。

小嗝嗝慌忙爬起來，看到綁著繩索的魚叉滑出他能抓到的範圍，回到船上的唯一希望就這麼離他而去。前方的冰層平坦光滑，後方的北極蛇龍越來越近，他不可能跑得比牠們快。左方是一座大冰崖，崖下是巨大的漆黑洞穴，宛如怪獸的血盆大口。

小嗝嗝全速奔進洞穴。

北極蛇龍群跟了上去。

他聽到牠們的爪子刮過冰塊的聲音和急促的呼吸聲，牠們已經離小嗝嗝很近很近，隨時可以抓住在他身後的冰上彈跳的滴答物。小嗝嗝覺得滴答物彷彿綁在繩子上的小點心，北極蛇龍則是巨型貓咪，等著撲上來的最佳時機。

前面那是什麼？小嗝嗝心想。**噢，尊貴偉大的奧丁大神啊，我求祢了，拜**

託不要跟我說那是洞壁，拜託不要是洞穴的底部，不要是死路，不然我就「真的」死定了……

但前方的東西確實是洞壁。

小嗝嗝跑近，發現那是一面粗糙、崎嶇的岩壁，有可以抓握的縫隙和踩踏的凸起處。如果他能在北極蛇龍群追上來之前爬上去，也許能在上頭找到新的通道……

噢雷神索爾的二頭肌和四頭肌和腳趾甲和捲捲小汗毛啊——！

那根本不是岩壁，而是一隻「龍」。

小嗝嗝正全速奔向一隻沉睡的海

龍，海龍的體型巨大無比，光是一顆頭就填滿了前方的洞穴。

小嗝嗝緊急煞車。

他在冰上滑了一段路，雙手瘋狂亂揮，努力在撞上那隻海龍之前停下來。他真的、真的不想把海龍吵醒……

……他勉勉強強停止滑動，距離海龍龐大的下巴只有幾英尺。

小嗝嗝動也不動。

但綁在小嗝嗝手腕的繩子和相連的滴答物，並沒有停下來。

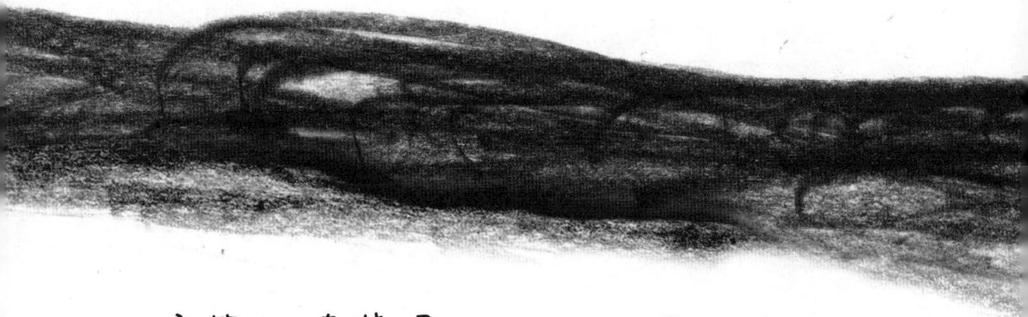

滴答物隨著慣性往上一彈，飛——飛——飛——飛過小嗝嗝頭頂，一直往上、往上、往上……又快、又狠、又準地砸在海龍閉著的眼皮上，彷彿禮貌卻又堅定地敲敲門。

「天啊……天啊……天啊……」小嗝嗝輕聲說。他趕緊把綁著滴答物的繩子拉回來，繞在手臂上。

龍眼皮動了動。

沒有睜開。小嗝嗝慢慢退後。

「拜託不要睜開眼睛……拜託不要睜開眼睛……拜託不要……」

然後，眼睛睜開了。

在陰暗的洞穴中，睜開的龍眼彷彿黃色探照燈，小嗝嗝被眩目的亮光照得睜不開眼。

獵食者變為獵物，不過是一瞬間的事。

小嗝嗝拔腿**跑向**北極蛇龍群，害牠們摸不著頭緒……牠們仔細一看，才發現那道亮光來自不再沉睡的巨龍。

北極蛇龍群像狼般地號叫、尖吼，因為煞車過猛而翻了好幾個筋斗，接著轉身往反方向跑。小嗝嗝緊跟在牠們後方，手腳動得比活塞還快。

後方傳來令人毛骨悚然的低沉**吼、吼、吼、吼……**

美國夢二號已經駛離冰山了，和小嗝嗝隔著好一段距離，神楓正試圖掉轉船頭。

魚腳司回頭看，發現整群北極蛇龍從冰穴衝出來，宛如一把巨弓射出的無數根箭矢。

小嗝嗝也全速衝出來。

「這是……怎麼……回事？」魚腳司害怕地問。他知道這肯定不是什麼好兆頭。

冰山太平坦了，小嗝嗝前方什麼都沒有，他沒得逃，沒有樹木讓他躲藏，沒有岩石或地道

可以藏匿。

所以逃跑也沒什麼意義。

儘管如此，小維京人和北極蛇龍群還是奮力逃跑，希望能延緩死亡的時刻——一分鐘也好，**一秒鐘**也好。

魚腳司駭然看見兩顆巨大的黃眼睛慢慢從黑暗的冰穴冒出來。

他不知道那是什麼，但那個東西**非常大**。

有什麼像長了翅膀的小山一樣挪動，牠破出冰穴，冰崖如雪火山般炸開，「那個東西」衝了出來。牠像一團最純粹的能量，瘋狂的勝利吼聲從喉頭撕扯而出，冰雪飛往四面八方。

牠大到飛上天時遮住了月亮，尖叫著降落在小嗝嗝所在的冰山上。

「那個東西」超級大，降落時整座冰山都爆裂開來，大塊大塊的冰與水噴射到天際，小嗝嗝和北極蛇龍群也被彈到空中。

北極蛇龍群宛若煙火，往四面八方彈射。

小嗝嗝不停往上飛……飛——飛——飛——飛——飛——飛

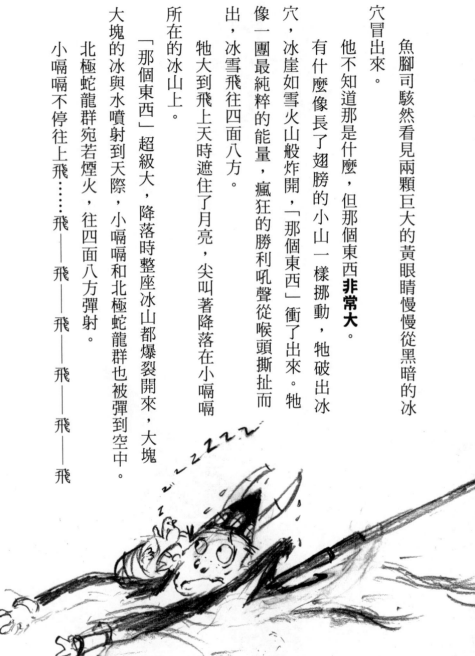

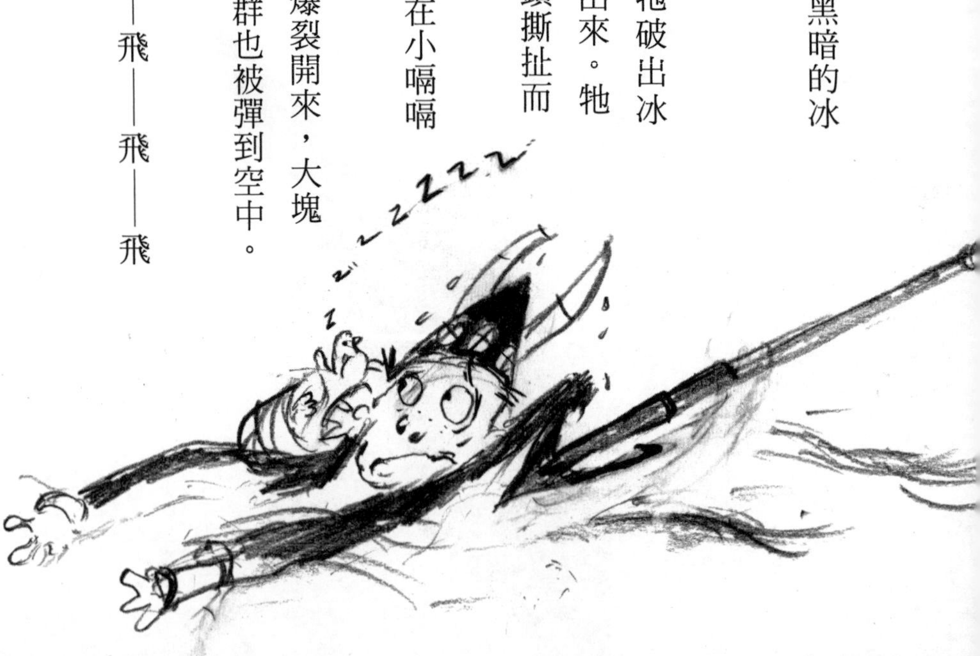

過巨獸詫異的臉……飛過海洋……飛向美國夢二號的甲板……只差那麼一點點，就能用指尖抓到船緣。他從船邊往下落，摔進海裡。

若不是魚腳司剛才射出的魚叉勾到他的背心，小嗝嗝掉進海裡大概就出不來了，幸好他像一條被魚叉抓到的魚，被大船拖著走。

小嗝嗝用雙手拉繩索，一步一步爬上去，神楓和魚腳司合力把他拖上美國夢二號的甲板。大船還載著沉睡的船員，冒著蒸汽往西航行。小嗝嗝溼答答地爬上甲板，心臟像兔子一樣怦怦狂跳，不敢相信自己還活著……

「那臺機器！」他驚呼一聲，拔腿衝向防止船下沉暨嚇走大海龍機。「魚腳司，幫我把這個人搬走。」

兩個小維京人把昏睡不醒的紅羅納拖到一旁。小嗝嗝害怕地回頭一望，巨獸已消失在被牠打碎的冰山之下，但他不知道是不是自己想像力太過旺盛，水裡好像有一道迅速移動的白線，它好像轉過來，往美國夢二號的方向游了……？

小嗝嗝不停顫抖的雙腳踩上機器踏板，飛速地踩踏，讓可笑的大喇叭像陀螺一樣快速旋轉。

「你不是說這臺機器沒有用嗎？」魚腳司喘著氣問。

「希望是我說錯了。」小嗝嗝氣喘吁吁地回答。「否則我們就**死定了**。」

「全速前進！」神楓大喊。她衝向大船的船舵，操控美國夢二號遠離冰山。

「它……好像……有效……」小嗝嗝氣喘如牛。

誰知道那臺機器為什麼有效呢？（註6）總之水中那道白線似乎減速了……它變得越來越慢……越來越慢……終於掉頭離開。無論諾伯的機器有沒有防止船隻下沉的功能，它沒有表面上那麼無用，至少它的確能嚇跑大海龍。

小嗝嗝鬆了一大口氣，轉頭往另一個方向看過去……看見流浪者搭乘的七

註6　小嗝嗝在後來發表的回憶錄中寫道，那個「喇叭」可能會發出人耳聽不到的超高音，海龍受不了那種聲音。還有其他人認為大海龍的聽覺太過敏銳，就連數哩外的蝦子牠們都聽得到，也許這就是機器對大海龍有效、對北極蛇龍等較小的龍族無效的原因。

艘小船正飛快划往反方向。

「喂！」小嗝嗝不安地高喊，對流浪者們揮揮手，噴了魚腳司一身海水。「魚腳司，換你來踩，我的雷神索爾啊魚腳司你**絕對不可以停……**」

小嗝嗝和魚腳司換位子，跑到甲板另一邊大叫：「**不要走！你們在做什麼？快回來接我們！**他們在做什麼？神楓，掉頭去追他們。」

「你**瘋了**嗎？」魚腳司插嘴。「**那個東西**怎麼辦？我們應該盡快離開這裡。」

「**你們要去哪裡？**」小嗝嗝把

手放在嘴邊大喊。眼見流浪者划船消失在越來越濃的海霧中，他的心不停往下沉。這也太不公平了，小嗝嗝那麼辛苦，為了救那些奴隸而拚上性命，那群流浪者卻直接拋棄他們，逃之夭夭！

「**膽小鬼！**」神楓回頭大叫。「**懦夫！叛徒！**」

小嗝嗝遠遠看到直挺挺站在小船船頭的小熊阿嬤，凝視著她好幾分鐘。

最後，她挺立的身影消失在霧中。

第十三章　他們來到「牠」的地盤了……

逃離「發現美洲大冒險」的最後一線希望，就這麼消失了。

一百一十九名流浪者奴隸，全都成功逃走了。

小嗝嗝、神楓和魚腳司依然困在船上。

小嗝嗝救了小熊。

那誰來救小嗝嗝？

接下來五個小時，他們在船上吃力地工作，避免大船在霧中撞上冰山，等到霧氣消散，時間已將近清晨。大船離開了極蛇與冰山之地，駛入大西洋海域，沉睡了一晚的歇斯底里人也漸漸醒轉。

昨晚發生了那麼驚險的事，他們居然都沒有醒來，就連被北極蛇龍追趕、在冰上彈跳、落進冰水裡的沒牙也沒有睜眼。

最先醒來的是紅羅納，他睜開眼，發現神楓正在踩防止船下沉暨嚇走大海龍機的踏板。

「你不跟諾伯說，我就假裝這件事沒發生過。」神楓邊說邊爬下來，讓紅羅納爬上去踩踏板。紅羅納感動到快哭了，要是讓自家老大發現他怠忽職守，肯定要跟毀滅戰斧親密接觸了。

小嗝嗝把滴答物綁回諾伯手腕上，這樣諾伯就不會發現它曾經遺失。小嗝嗝做了明智的決定，他認為諾伯發現所有奴隸都在夜裡潛逃時，他、魚腳司和神楓還是離諾伯遠一點比較好。

於是，小嗝嗝靠在煙囪管上將衣服烘乾，他們三個默默爬回桅杆上的瞭望臺，抱著兩條像熱水壺般發熱的小龍舒舒服服地睡著了。等到諾伯憤怒地大吼，他們才被吵醒。

一開始，諾伯深信這都是小嗝嗝搞的鬼。

「**那個可惡的奇怪紅髮小男孩！早知道就把他殺掉了！**」瘋子諾伯尖叫。

「**他帶著我所有的奴隸逃走了！**」

小嗝嗝從瞭望臺探出頭。

「我哪有，」他對下方的諾伯喊道。「我在這裡啊……」

諾伯氣到用戰斧劈砍桅杆，彷彿在砍樹，木杆被砍出一個大缺口。「**你對我的奴隸做了什麼？**」他怒吼。

「我什麼事都沒做，」小嗝嗝對他喊道，「如果有，我幹麼不跟著逃走？」

他說得很有道理，可是諾伯沒心情聽道理，又拿斧頭砍了桅杆一下。

「冷靜點，」小嗝嗝大叫。「你把桅杆砍斷了，要怎麼開船？而且只有我能讀懂滴答物，只有我能帶你去美洲，你忘了嗎？少了『我』，你就不能創建你的瘋子國……還有你的偉大帝國……」

諾伯勉強阻止自己砍斷桅杆，儘管如此，小嗝嗝覺得自己還是先待在瞭望臺，等諾伯稍微冷靜點再下去。

沒牙和暴飛飛過了很久很久才醒來，牠們完全不記得昨天發生的事。這時太陽已經高掛在空中。

船已經開到大西洋了，四周除了海水之外什麼都不剩。

只有一望無際的汪洋。

小嗝嗝覺得全世界的陸地都被一場大洪水淹沒，現在除了天上的雲朵與下方的汪洋外，只有他們所在的小小船，像爬在窗上的小蟲子般慢慢航行。

他們彷彿離開了世界，來到浩瀚宇宙，正在尋找一顆新的星星。他們無法聯繫其他人類，小船上的人孤孤單單存在於無盡的水世界。

更糟的是，似乎有什麼東西在「跟蹤」這艘船。

小嗝嗝、魚腳司和神楓坐在高高的瞭望臺上，最先看到那個東西。

那是「超大」海怪游泳時激起的白浪。

「**東方有海龍！**」諾伯在甲板上尖叫。「**快踩踏板！不然我親手把你抓去餵**

「海龍——！」

船員輪流踩嚇走大海龍機的踏板，快到機器的輪子和輪輻發出吱吱嘎嘎的尖響，喇叭狀的東西也飛速旋轉，好像隨時會飛出去。

可是海龍沒有被嚇跑，機器發出的聲音實在太刺耳了，牠沒有靠近美國夢二號，卻依然跟在後方。

那一整天、一整夜，海龍一直緊咬著美國夢二號不放。

船員都穿著盔甲、拿著魚叉，站在崗位上睡覺。

他們閉上眼睛睡著前看到的最後一幕，是天邊那條細細長長的白線，以及深海恐怖怪獸長了脊刺的背部隨著游泳的動作起伏。牠彷彿駭人的命運，無情地游來。

現在，他們來到「牠」的地盤了……

……「牠」也心知肚明。

牠只須耐心等待。

只有一個東西阻止海龍游過來，用強而有力的嘴把美國夢二號咬碎，那個東西不過是臺破破爛爛、使用過度的小型機器。

所有船員死命踩它的踏板，機器看起來越來越破爛。

如果那些搖搖晃晃的輪子突然掉螺絲，陀螺般旋轉的喇叭東東就會飛出去，然後……

後果不堪設想。

那天晚上，船上「所有人」都在作噩夢。

小嗝嗝一覺醒來看到天邊那條白浪，心臟停了一、兩拍。海龍依然緊追不捨。

小嗝嗝躡手躡腳地從瞭望臺爬下來，走到方向盤旁邊。諾伯正隔著「玻璃看管」盯著海龍的白浪。

「諾伯，」小嗝嗝緊張地說。「我覺得那條海龍好像不太喜歡我們，你不覺得我們現在回家比較好嗎？」

諾伯繼續盯著遠方，低聲自語：「那……是我這輩子看過最大的海怪……」

小嗝嗝以為諾伯沒聽到他說的話。

諾伯從眼前移開玻璃看管，低頭盯著小嗝嗝。

「再大的龍都不能奪走我的夢想。」瘋子諾伯咬牙切齒，對著小嗝嗝搖晃拳頭。「必要的話，我會親自跳下那傢伙的喉嚨，用戰斧砍斷牠的叉骨，你聽懂沒？」

小嗝嗝點點頭。

「**不是死亡，就是美洲！**」瘋子諾伯大吼。「別再讓我聽到你說這種鬼話。還不快幫我解讀滴答物。」

小嗝嗝無精打采地爬回瞭望臺，把壞消息說給朋友聽。

「情況越來越慘了，我覺得像在作噩夢……」魚腳司哀聲說。「我們明明可以自己逃走的，可是你偏要帶著一百一十九個流浪者一起走，這樣是要怎麼偷偷逃走嘛，而且他們連維京人也不是……」

「我對他們發過誓。」小嗝嗝的嘴巴自動回答。

「你看他們是怎麼回報你的！」魚腳司指出。「你救了一百一十九個不怎麼友善的陌生人，結果兩個好朋友要被你害死了，小嗝嗝你做得好棒棒。神楓，妳能想到什麼逃脫計畫嗎？」

就連曾被蠻荒群島許多部族囚禁、每次都成功越獄的神楓，似乎也想不出好點子了。「我覺得現在還是待在船上最安全，」她說。「因為海龍就在海裡，我們一下船就會遇到他。小嗝嗝，你覺得那是在極蛇之地追殺你的那隻海龍嗎？」

「一定是。」小嗝嗝說。「我認出他背上的脊刺了，有那種脊刺的龍大部分都已經絕種了。」

「那他是什麼龍？」魚腳司問。

「不曉得，」小嗝嗝緩緩回答。「之前天色太暗了，我看不出來，反正是我沒看過的品種。他長得有點像古代傳說提到的龍族，可能是巨魔龍，或是山嘯鬼龍。」

「他們不是像獨角獸和人魚一樣，是傳說中的生物嗎？」神楓問道。「應該只是別人編出來的故事吧？」

「他們說不定不是別人亂編的，」小嗝嗝說。「可能只是太久沒人看到他們而已。我們不知道那臺機器是怎麼作用的，不代表它沒有用；我們從來沒親眼見過美洲，不代表它不存在。我們現在航行在陌生的大西洋，誰知道這裡的深海住著什麼樣的可怕怪獸呢？」

這真是令人鬱悶的想法。

為了讓自己打起精神，他們開始想像家鄉的其他人。其他人都在做什麼？毛流氓部族現在應該回到博克島了，大家在泥濘中玩亂撞球，準備在春季剪羊毛，還會為船隻上漆，準備夏季出海。

「不知道友好的族際游泳比賽，最後是誰贏了呢？」魚腳司沉思道。

「我母親是不可能下沉的柏莎，她是蠻荒群島的長泳冠軍！」神楓說。「她一定在海裡游了好幾天才上岸！」

「也可能是我父親獲勝啊，」小嗝嗝忠心地為父親辯駁。「他跟柏莎一樣擅長游泳……」

「**哪有！**」神楓很堅持。

他們為此你一言、我一語地爭論不休，這其實不重要，但至少是消磨時光的一種方法，想著家鄉發生的事，心情也會稍微好一些。

他們當然不知道，在數週前那個關鍵的早晨，他們父母根本沒有「離開海灘」，更別提「在比賽中獲勝」了……

第十四章　凶殘群山發生的事

數週前，在凶殘群山上，瘋肚似乎成了最後歸來的勝者。他在海裡待了四十一個小時，即使他全身塗了薄薄一層深紫肉齒龍油，這也非常不簡單。他得意地高舉雙臂大步走上長灘，齔潰瘍跟在他身後，長灘上的維京人紛紛用歡呼聲迎接他們。

裁判長——也就是那個一臉憂鬱、身材矮小的痛揍蠢貨——跑到水邊。他將一枚金獎牌拿給瘋肚，還給了對方一根菸斗；瘋肚把菸斗叼在嘴裡，沿著長灘跑了一圈，接受眾人的喝采。

齔潰瘍對友好的族際游泳比賽委員會鞠躬，說道：「我主人向各位裁判致謝，並主張他是游泳比賽中最後歸來的男人，也就是這場比賽的贏家。根據規定，他身為最後歸來者，可以要求敗北的兩位族長——史圖依克和柏莎——做一件事。」

可憐的史圖依克抱頭坐在一旁，他這個人平常不太會擔心，現在卻為兒子擔心不已。他霍然起身，大吼：「可是小嗝嗝還沒回來！最後回來的勝利者可能是我兒子！」

史圖依克緊抓著最後一線希望不放。瘋肚露出缺牙的討厭笑容，在助手耳邊輕聲細語。

「我主人禮貌地指出，」齦潰瘍說到一半，對史圖依克和柏莎鞠了個躬。「史圖依克的兒子小嗝嗝、柏莎的女兒神楓，還有那個名叫魚腳司的奇怪男孩，很可能在比賽剛開始就『溺死』了……」

「**不！**」史圖依克怒吼，但他的憤怒是出自恐懼。

友好的族際游泳比賽委員會憂傷而鄭重地點點頭，這的確是很有可能發生

的事。

「他說得有道理，」裁判長嚴肅地說。「根據這位鼻涕臉鼻涕粗的報告，他和無腦狗臭曾看到小嗝嗝和其他兩人在水中遇到困難，他們試著幫忙……」

「我們盡力了。」鼻涕粗沉痛又勇敢地說。「可是我們被海流沖走了，來不及幫助他們。你說是不是啊，狗臭？」

狗臭低哼一聲，取下頭盔，表示他對死者的尊重。

「真是場悲劇啊，」鼻涕粗嘆息著說。「小嗝嗝對我來說就像可愛的弟弟……」

史圖依克傷心地發出令人鼻酸的呻吟，別過了頭。

「親愛的史圖依克，」柏莎尷尬地試著

安慰他。「你兒子和神楓在一起，神楓每次都能活跳跳地回來……就算去到了英靈神殿，神楓也有辦法逃回來……」

「我們回歸正題——也就是瘋肚的獎品。」齦濆瘍笑吟吟地說。「瘋肚的要求是……**史圖依克和柏莎把各自的國家送給他，並且兩位族長必須立刻被帶離海灘，到崖上的天葬之地獻祭給天空龍！**」

「什——麼——？」在場的毛流氓與沼澤盜賊氣憤地大吼，海灘上一片譁然。

「可是……可是……太誇張了！」柏莎結結巴巴。「他怎麼可以要求我們做這種事！」

「柏莎，妳該不會想反悔吧？」齦濆瘍對勃然大怒的沼澤盜賊族長搖了搖手指。「妳要有運動家精神啊，如果今天是『妳』贏，妳也會希望瘋肚照『妳』的要求去做吧……」

「這不過是場友好的游泳比賽！我們只想叫瘋肚把內褲穿在頭上，坐在浴缸裡橫渡乖戾海而已！」柏莎氣呼呼地大叫。

「那就是你們太傻了。」齜潰瘍笑著說。「瘋肚的要求不誇張，想當年，『史圖依克』的祖先——恐怖陰森鬍——就是這麼要求『瘋肚』的祖先的……」

老阿皺從剛剛就一直想插嘴，現在他站起身，清了清喉嚨。

「尊貴的喘氣裁判長啊，」老阿皺對裁判長說。「我想指出一個小小的技術性問題。這裡可能有些人沒聽過恐怖陰森鬍那場游泳比賽的故事，請容我為大家娓娓道來。」

「你們看，我就說吧！」齜潰瘍得意地說。「過去一百年來凶殘部族一直等著報仇，現在復仇的時刻終於來臨，我們終於可以搶回被奪走的自尊了。」

「不要插嘴！」老阿皺罵道。「恐怖陰森鬍是討厭的騙子、惡作劇者和愛作弊的人，但不管他是怎麼完成這件驚人的事，我們一定要記得，他身為最後歸來者，是在比賽開始後整整**三個月**、**五天又六個小時**才回來的！（游泳比賽委員會可以參考恐怖陰森鬍的故事。）目前為止，還有三個參賽者沒有回來，子簡直像個怪獸，幾乎沒人認得出來——他的皮膚變得像龍皮，身上纏滿了海草，兩條小腿上還有兩圈類似腳鏈的鯊魚齒。

恐怖陰森鬍蹣跚地走到沙灘上，癱倒在地。凶殘宏大舉起長劍，準備殺死看起來像惡魔的恐怖陰森鬍……這時，他看到怪獸腰間佩帶了恐怖陰森鬍出名的暴風寶劍！

恐怖陰森鬍癱在沙灘上喘息時，說出接下來這句話，也就是毛流氓孩子都琅琅上口的這句名言：

「凶殘宏大，住手。我不是鬼，而是肚子最強的恐怖陰森鬍，在索爾的保佑下，我沒有求助漂浮物或船隻，成功從開放海域活著回來了。我是最後歸來者，請你把我的王國還給毛流氓部族！」

不忍說，恐怖陰森鬍不是什麼好人，他堅持把凶殘宏大獻祭給天空龍。此後，為了紀念這歷史性的一刻，我們每年都會舉辦族際游泳比賽，不過近年來這成了友好的競爭。

恐怖陰森鬍的游泳比賽故事

恐怖陰森鬍是史圖依克的高曾祖父，這位邪惡的海盜事業相當成功，後來成為蠻荒群島最後的王。有一天，凶殘宏大向恐怖陰森鬍挑戰游泳比賽，兩位族長約定好了，贏家可以要求輸家做一件事情。

於是，在一個寒冷的早晨，兩人從凶殘群山的西海灘出發游泳。過了七十一小時又四十二分鐘——將近三天——凶殘宏大終於回到海灘，他的臉腫成平常的兩倍大，身體布滿了皺紋，看起來像在鹽水中醃了很久、很久。

毛流氓部族在海灘等族長回來，他們滿懷希望地一直等、一直等，可是過了一個星期恐怖陰森鬍仍然沒回來。毛流氓部族相信族長一定是溺死了，因此接受凶殘部族的勝利，讓凶殘宏大將蠻荒群島王國收為己有。大家本以為事情到此為止，沒想到三個月後，凶殘宏大在海灘辦夜間宴會，宴會主要的娛樂節目是在星空下做活人獻祭。就在獻祭開始前，恐怖陰森鬍跌跌撞撞地從海裡走出來，他的樣他們分別是小嗝嗝、魚腳司，還有那個名叫神楓的小沼澤盜賊。我認為若『恐怖陰森鬍』能在海裡待那麼久，那技術上而言『他們三個』也可能做到這件事……所以，在瘋肚要求另外兩位族長做任何事之前，我們必須再等三個月、三天又十一個小時。」

眾人連連驚呼。

裁判們圍成「思考圈」，開始討論此事。

「好吧，」討論完畢後，裁判長敲著鼓說。「族際游泳比賽委員會的『結論』如下：只要瘋肚沒有違反比賽規則，他使用的詐欺伎倆都符合維京人精神，十分可敬。」

凶殘部族貪婪地齊聲歡呼。

毛流氓與沼澤盜賊又悲又怒地哭號。

「我還沒說完！」裁判長高呼。「凶殘瘋肚得以暫時監禁大胸柏莎和大塊頭史圖依克，我們幾個裁判則會待在海灘，看看那三個失蹤的參賽者會不會回來。你們其他人可以先回家，等比賽開始那天算起的三個月、五天又六小時後再回到這裡。到時候，如果沒有人活著游回來，我們會正式宣布凶殘瘋肚是最後歸來的贏家，博克島和沼澤盜賊群島將歸凶殘部族統治，史圖依克和柏莎恐怕會被獻祭給天空龍……」

裁判長用木杖一敲地面，表示結論已定。

三位老裁判耐心地坐在海灘上，即使颳風下雨，他們仍注視著大海。剩下的沼澤盜賊與毛流氓難過地坐船回自家島上。

可憐的史圖依克和大胸柏莎不能如小嗝嗝想像那般，在泥濘中玩亂撞球、監督其他人在春季剪羊毛，或為船隻上漆，準備夏季航海。

他們被監禁在凶殘部族洞窟地牢的深處，擠在黑暗中動彈不得。史圖依克的牢房有個上了鐵條的小窗口，可以遙望大西洋。有時，史圖依克會看著窗外的大海陷入夢鄉，夢到兒子還活著，夢到兒子正從大海的另一邊游回他身邊。夢醒時，他發現那個美好的畫面不過是一場夢，海裡沒有小嗝嗝，只有無窮無盡的海水，以及海鷗孤獨、憂傷的鳴叫聲。

第十五章　前往美洲的路還很長

我們回到那個眾所周知的大西洋，隨小嗝嗝一同航行。

如果要敘說每一天、每一小時、每一分鐘發生的事，那也太費時了。

大船航行了數千英里，吐著蒸汽的火熱機械推動大船橫渡大海，比風與船帆快了許多。他們在大西洋橫行了數千英里，有時陽光明媚、無風無浪，有時襲來颶風與狂風暴雨，滔天白浪帶著大船上下起伏，彷彿騎在狂奔的巨馬背上。

橫渡大西洋要花非常非常久。

這段路真的超級長，小嗝嗝覺得他們已經離開世界的邊緣，進入無盡虛空了。被詛咒的船在風雨、陽光與冰霜中航行，海龍沒有一刻放棄追蹤它，牠宛若繞地球公轉的流星，美國夢二號則如同一顆星球，有顆衛星固定會緩慢地繞著它轉。

歐斯底里人依然活跳跳的，大口吃著煙燻馴鹿肉，牛飲著牛血與甘藍菜啤酒。他們心情很好又熱愛暴力，時常互相開玩笑，有時玩笑開過頭了，甲板上所有人會打成一團，諾伯還得揮舞戰斧衝到大亂鬥中間，在頭上迴旋的斧頭簡直像他發明的怪東西。

歐斯底里人鎮日不停地高歌，他們唱到遠在故鄉的愛人、果凍肚明亮的眼睛、格莉希爾達壯麗的下巴，還有在美洲新世界等著他們的財富、等著濺灑大地的鮮血。

晚上，他們在睡夢中畫美洲地圖，隨心所欲地描繪心目中的人間天堂。

對瘋子諾伯而言，美洲是「黃金」國度，在他想像中的美洲，無論發明什麼都能成功，他會坐在黃金王座、戴著黃金王冠，拿著黃金戰斧統治新帝國。

對懶惰的小沒牙來說，美洲是「食物」的國度，到處都是毛茸茸的小動物，幾乎不必出力就能抓到獵物。只要張開沒有牙齒的小嘴，獵物就會爭先恐後地跑進去，尖叫著一路衝進牠肥肥的小肚子。

對魚腳司來說，這是個沒人會逼你打亂撞球的世界。

在神楓看來，這是一個人人鬥劍、互相綁架的世界，有很多瘋瘋癲癲、毛茸茸的對手等著被她捉弄和偷東西。至於小嗝嗝……

奇怪的是，小嗝嗝幻想的美洲長得和博克島很像。

小嗝嗝、魚腳司和神楓晚上通常會睡在大船溫暖的煙囪管旁，白天則待在桅杆上的瞭望臺，或是在繩具間玩耍，只有吃飯時間或諾伯要小嗝嗝解讀滴答物時才會下去。

美國夢二號冒著煙開往南方，氣溫變得越來越暖，小嗝嗝他們終於得以脫下偷來的毛衣，將衣服掛在瞭望臺上。

海龍依然窮追不捨。

晚上，他們在睡夢中
勾勒出美洲地圖……

驅趕海龍的機器吱吱嘎嘎、噹啷噹啷地響，它破破爛爛的，僅由幾條老舊的繩子和細麻繩固定，隨著踏板每一次轉動，那個喇叭狀的東西也搖搖晃晃地轉一圈，好像隨時會掉下來……

……但出於某種奇蹟，機器的輪子還是一圈一圈轉下去，沒有解體……

……「還」沒有解體。

每天傍晚，諾伯把小嗝嗝叫到帳篷裡解讀滴答物，在小嗝嗝給他新的指示前，他一直在鋪展在熊皮桌布上的地圖前來回踱步。隨著日子一天天過去，他變得越來越不耐煩，不時會拍著大手嘀咕：「快到了！快到了！」諾伯這個人本來就沒耐心，他已經等到快崩潰了。

諾伯有一艘美國夢二號的小模型，它做得無比精細，船帆真的可以放下或收起，不過它大概只有八公分高，船身的文字小得像是跳蚤寫上去的。諾伯會根據小嗝嗝解讀滴答物的結論，用戰斧把模型船在地圖上推來推去，估測他們在大西洋的哪個位置。模型船每天更接近諾伯畫在地圖上的登陸點「**美洲**」，根據地圖，他們現在距離陸地只剩一、兩天航程，諾伯已經興奮到快坐不住了。

小嗝嗝感到非常不安，他還記得諾伯說過的話，諾伯因為需要他幫忙解讀滴答物，才饒他們不死，現在美國夢二號和美洲近在咫尺，諾伯看著小嗝嗝的眼神變得越來越陰狠。諾伯經常擦亮戰斧的黑刃，直到它變得比烏木還閃亮，還像是對寶貝寵物說話般輕聲說：「親愛的，時候快到了……再過不久，我就餵你吃得飽飽的……」

小嗝嗝聽了非常不自在，為防萬一，他請神楓去把他們的武器偷回來。他有種不好的預感，總覺得再過不久這些武器就會派上用場。

小嗝嗝緊張到覺得腸胃揪成一團，尤其是隔天看到在炊事帳外吃早餐的歇斯底里船員十分興奮、慷慨激昂地唱歌時：

「你們看，前面就是**陸地**了，**陸地**了，到處是牛奶和**蜂蜜**，

「再過不久我們會離開海洋，得到滿山滿谷的**金幣**……」

第十六章　有陸地——！

暴風雨將至。

天上積累了不祥的烏雲，像是天神的頭痛，海上風浪逐漸增強，美國夢二號在大家腳下劇烈搖晃。

一道突如其來的閃電，打亮了天空。

在閃光的映照下，小嗝嗝清楚看到天邊那隻大海龍黑色的背脊。

就在閃電打下來的瞬間，在主桅杆上眺望遠方的船員開心地高呼：「**是瘋子國！有——陸——地——！**」

歇斯底里人爭先恐後湧到船頭，不惜用手肘把同伴擠開或踩踏別人的腳。

每個人都想當最先看到那片傳說中的大陸，那個壯麗、神祕、夢幻的「美洲」的人。

他們第一次看到美洲，覺得那不愧是他們夢寐以求的美好國度。

天上降下傾盆大雨，大船在洶湧的浪濤中上下起伏。

但天際有一長條從西方往東方無盡延伸、模糊不清的灰色陸地，沐浴在明亮的陽光下，上方是美麗的藍天。

美洲。

那是歐斯底里部族夢想的大陸，它居然**真的**存在。在那美好的瞬間，一切彷彿完美無瑕。

諾伯一看到他航行了這麼久、這麼遠，好不容易找到的大陸，馬上拔出戰斧準備報仇。

「小嗝嗝・何倫德斯・黑線鱈三世，」瘋子諾伯眼裡閃爍著得意而瘋狂的異光，笑嘻嘻地說。「現在我不需要你了……這就讓你感受毀滅戰斧的鋒銳……**準備受死吧！**」

小嗝嗝跳上一個木桶，確保所有人都看得到他。「**諾伯，不能因為我有紅頭髮就殺我！**」小嗝嗝用最大的音量高喊。

聚集在船頭的歇斯底里人紛紛轉過頭。

「這是怎麼回事？」暴力猛問道。他的頭髮鮮紅搶眼，宛如燃著熊熊大火的火爐。

「你在說什麼啊？」諾伯咆哮。

「**諾伯不想讓有紅頭髮的人住在美洲大陸！**」小嗝嗝大叫。「**他要用毀滅戰斧殺死所有紅髮人！**」

好巧不巧，很多擁有紅髮的歇斯底里人，都曾因諾伯糟糕的脾氣和瘋狂的實驗而飽受苦楚（舉例來說，諾伯之前叫暴力猛和血腥大凸眼試用他的飛行器，試了**二十七次**，而且每一次飛行器都在起飛過後兩分鐘就栽進海裡）。眾多紅髮人聽小嗝嗝這麼一說，氣沖沖地拔出長劍準備造反。

歇斯底里部族也有不少金髮人，這些人一直偷偷覺得自己高人一等，現在既然連諾伯都認為紅髮人該死，他們突然覺得：整個歇斯底里部族只剩下頭髮閃耀的金髮人，一群頭髮比玉米田還明亮的族人一同邁向未來，那該有多好？

於是，他們也紛紛拔劍。諾伯目瞪口呆地看著所有歇斯底里部族的戰士在短短兩秒內打成一團，彷彿他們不是自己人，而是勢不兩立的仇敵。

那是場可怕的戰役，索爾的雷電在憤怒的黑雲中滾動，不時有分岔的閃電將天空一分為二，擊打在浪濤洶湧的海上。滔天巨浪從船側湧上甲板，打溼了在傾盆大雨中奮鬥的戰士們。

神楓加入戰局，和小嗝嗝聯手對付諾伯。

「諾伯，」神楓嘲諷道。「你跟切除腦袋的水母一樣笨，你的領導能力和感冒的旅鼠一樣差，就算你的帝國跟我家廁所一樣小，你也會把它搞得一團亂……你真的很不適合當獨裁者耶……」

小嗝嗝使出一招左手追心刺，諾伯被神楓的辱罵搞得心浮氣躁，差點來不及擋下來。

他忙著擋下小嗝嗝的攻擊時，神楓跳上前搔搔他腋下。

「哇——諾伯，你的肌肉不錯耶，是不是有在健身？」

諾伯怒號一聲把她甩掉，神楓靈活地往後跳，閃過戰斧瘋狂的揮砍。

「注意你的脾氣……」她責備道。

諾伯氣得根本沒注意到小嗝嗝的旋轉雙刺，等鬍子被砍掉一大截才發現為時已晚。與此同時，神楓從他左手臂下方鑽進

去，從他口袋偷走滴答物，順便割斷一端綁在滴答物上、另一端綁在諾伯手腕上的繩子。

「這是你的東西嗎？」神楓邊問邊把滴答物舉到諾伯面前。「嘖嘖，你要小心保管自己的財物，免得被人偷走……」

「把它還回來！」諾伯怒吼著對她亂劈亂砍。

「你自己來拿……」神楓唱道。她揮著綁在滴答物上的繩索，讓滴答物在她頭頂轉來轉去，用它重重敲了諾伯鼻子一下，最後再拋給小嗝嗝。小嗝嗝穩穩接到了滴答物。

唯一的問題是，神楓的戰鬥方式通常會讓對手「怒不可遏」。

諾伯的臉變得比番茄還紅，他像狗一樣放聲號叫，猛撲向兩個小維京人。

三把長劍閃爍著一起進、退、刺、擋。

諾伯一手拿劍、一手拿戰斧，幾乎勢不可擋。

而小嗝嗝和神楓雖然年紀還小，卻是劍技十分出色的二人組。

如果沒牙沒有突發奇想來幫忙，誰知道這場戰鬥會有什麼結果呢？

沒牙從諾伯帳篷裡的桌上抓起美洲地圖，像隻又大又笨重的蛾帶著地圖飛到戰鬥中的三人上方，在小嗝嗝、神楓和諾伯頭上停頓片刻，接著搖了搖頭，鬆開抓著地圖的爪子。地圖漂亮地攤開，輕輕飄落……

……落在瘋子諾伯的頭上。諾伯從頭盔頂端到肚子都被地圖罩住，簡直像東方沙漠的神祕女郎。

「沒牙，做得好！」沒牙興奮地拍著翅膀自誇。「飛得太漂亮了！」

諾伯跌跌撞撞地試著恢復平衡，可是他被地圖罩住了，看不到前後左右……

他猛然往左偏……又瘋狂往右撞，直直撞上勤奮地踩著踏板、確保防止船下沉暨嚇走大海龍機持續運轉的紅羅納……他衝撞的力道太大了，以致紅羅納……還有**那臺機器**……那臺奇蹟似地一直沒有解體的破爛機器……

……從船側落入大海。

所有人靜止不動。

「唉，沒牙……」小嗝嗝摀著眼睛呻吟道。

他們現在距離美洲很近、很近，陸地不再是模糊的灰色輪廓，而是一長條白色沙灘，灰色巨浪一次又一次拍打海岸，岸上有樹木，還有神祕的形影在沙地上走動。

但現在機器不再發出刺耳的高頻率噪音，天邊的海龍——大家打鬥時被拋到腦後的大海龍——**終於**解脫了。

牠發出駭人的尖叫，迅速游向美國夢二號。

諾伯好不容易恢復平衡，把地圖從頭上扯下來了，他看著原本放著機器的位置眨了眨眼，接著望向迅速游來的超大海龍。

現在沒人有心思打架了，紅髮人、金髮人和瘋子全都意識到有更恐怖的威脅正在逼近，所有人害怕地縮在甲板上。

「**牠要來了！**」有人大喊。

第十七章　巨魔龍出擊

離小嗝嗝最近的歐斯底里人跪倒在地，驚呼：「雷神索爾，快救救我們！」

只見大海龍的脊刺凸出水面，越游越近，越游越近。

牠朝大船直直游過來。

但牠沒有撞上來，而是在最後一刻改變方向，從旁經過。這時，大家才發現牠體型有多麼巨大。

牠**超級無敵大**。

海龍經過大船時稍微側身，一隻可怕的黃色巨眼找到小嗝嗝，爬蟲動物的眼睛死死盯著他不放，眼底是智慧、笑意與怒火混融而成的奇怪神情。牠似乎還記得冰穴裡發生的事，那顆眼睛彷彿在說：「小子，我要給你好看，我要享受折磨你的過程……這下你別想逃。」

牠繼續往前游，碩大的肌肉強而有力地運動，像黑豹一樣優雅地穿行海水，近到似乎在炫耀自己的體型，長著尖銳脊刺的背部不停延伸、延伸，永無止境……

我的雷神索爾啊，小嗝嗝的心

臟怦怦亂跳。**他的體長應該是這艘船的兩倍——不對，應該是「三倍」……**

牠絕對是巨魔龍。

這頭巨魔龍和其他遠古海龍一樣，應該從恐龍時代就存活在海中了，牠看起來也的確像是過去的遺跡。牠堅硬的脊刺與皮膚布滿黑色甲殼類動物，宛如鐵鏽，牠身體某些部分蓋滿珊瑚，還有一條條長長的海草漂在牠身後，簡直是一塊會動的活珊瑚礁。

大得令人心跳停止的巨魔龍游在船側，隨後牠轉身繼續往前游，消失在水面下。臨走前，牠碩大的尾巴輕蔑又若無其事地一甩，激起一大片白浪，害甲板淹了膝蓋高的海水。

「牠去哪裡了？」

船上，很多人都提出同樣的問題。

海龍巨大雙眼的神情，小嗝嗝在沒牙眼中看過很多次，那是掠食動物將老

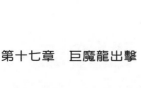

鼠或兔子等小動物困住時的得意眼神。

龍族和貓一樣殘忍，喜歡在殺死獵物前先玩弄對方。

牠要玩弄「我們」……小嗝嗝心中湧生不好的預感。「快找東西抓穩！」他邊喊邊把綁在船桅的一條繩索纏在自己手腕上。

「天啊，」魚腳司呻吟著邊學小嗝嗝的動作。「怎麼會這樣？我們只是參加一場**游泳比賽**，難道蠻荒世界連**一種**安全的活動也沒有嗎？」

海龍剛才潛到水裡不見蹤影，四周只剩狂嘯的風、隆隆雷電和滂沱大雨。

「**牠在哪裡？牠跑去哪裡了？**」有人焦急地大喊。

小嗝嗝左方爆出滔天白浪，巨魔龍從海裡**跳出來**，跳到船的上方，在空中停滯片刻。

彷彿再次展現自己無可比擬的體型。

牠大到身軀停滯在大船的船桅上方，巨大雙翅往下拍時，翅膀尖端剛剛好碰到海面。

牠緊盯著下方的維京船，輕輕伸出碩大的爪子，抓住美國夢二號的桅杆，動作像老鷹抓樹枝一樣。

然後，牠直接把整艘船從海面提起來……

牠低頭看著甲板，觀察船上眾人的反應。

大部分的人都在尖叫。

大海龍稍微晃了晃大船，維京人像彈珠似地在甲板上滾來滾去……牠又把美國夢二號丟回海面。

大怪獸依然飛在大船上方，遮蔽整個天空，牠撐開龐然大嘴，嘴巴張得大到不可思議，宏偉的黑色洞穴在眾人眼前開啟。

海龍像碩大無比的眼鏡蛇，發出了嘶嘶聲。

一開始的「嘶嘶嘶」聲非常輕柔，接著變得越來越響……「**嘶嘶嘶嘶**」，聲音逐漸增強，陰狠、憤怒的巨響包圍美國夢二號，小嗝嗝覺得整艘船彷彿爬滿了準備出擊的毒蛇。嘶嘶聲讓小嗝嗝全身起雞皮疙瘩，頭上每一根頭髮都直直豎起，彷彿受靜電影響。

大海龍眼睛暴凸，喉頭動個不停。

牠筆直注視著小嗝嗝，小嗝嗝反射性躲到桅杆後面。有什麼劃破了空氣，插入木杆，插在那邊抖動不停。

小嗝嗝圓睜著驚恐——不對，是**嚇破了膽**——的雙眼，把頭探出來看。釘在桅杆上的，是巨魔龍的刺針。

小嗝嗝聽過巨魔龍的故事，據說這種龍有點像巨型蜜蜂，體內有刺針，不過牠的刺針不是藏在腹部，而是藏在喉嚨的火孔內，牠隨時可以像發射火炮那樣高速射出刺針。

蜜蜂的刺針只有幾毫米長，巨魔龍的刺針則和長矛一樣長。

它深深插入木杆，入木八公分，現在正燃著火焰、顫抖著插在那裡。刺針似乎是某種和金屬一樣堅硬的骨質做的，但它布滿閃爍不定的火焰，小嗝嗝也看不出它是什麼材質。桅杆上，一大塊黑紅色正在擴散，想必是刺針尖端的毒液流入木頭造成的。小嗝嗝正要脫背心滅火，免得整根桅杆都燒起來，卻看到巨魔龍從船的另一邊入水。

這回，牠故意用尾巴大力一拍，巨浪使大船猛地往左偏，桅杆尖端幾乎要碰到海水。

木桶、炊事帳、大釜、掃把、諾伯的寶貝地圖桌、他的桌子椅子、地毯和鳥籠、歇斯底里人、叉子、桶子、蔬菜，全都被深及大腿的海水沖走，大船狂亂地側翻，隨時可能會完全傾覆。

魚腳司和神楓沒有抓穩，被強勁的海浪沖走了，可是和小嗝嗝手腕綁在一起的滴答物纏住船桅，小嗝嗝還在船上。

在那短暫的瞬間，美國夢二號似乎會徹底翻船……最後它又轉正，同樣瘋狂地往反方向擺，諾伯又被甩回船上，滾到甲板中間。

大船似乎依然有傾倒的危險，不過它還是擺回平衡位置，開始亂無方向地行進，因為現在沒人掌舵。

大部分的船員都被沖進巨浪滔天的大海了。

甲板積了及踝的海水，水還被染成了血紅色（如果你怕血，那我只能說聲「抱歉」，當時就是這個樣子，我也沒辦法）。

還留在船上的船員都忙著撲滅船帆的火焰（巨魔龍再次潛入水中前，又發射一根燃著火焰的刺針，刺針直接刺穿次要船帆，帆布燒了起來），免得火勢擴散，還有些人跪在甲板上對偉大的雷神索爾禱告。

有些人甚至認為巨魔龍是索爾的化身，是他們斗膽航行在無法橫渡的海上，惹怒了雷神，現在索爾要用閃電般的刺針懲罰他們。

很多人覺得美國夢二號沒救了，他們選擇跳船逃命，努力游向唯一的生存機會——陸地。

神楓和魚腳司還在海裡。

諾伯的地圖桌四腳朝天地漂在海面，魚腳司抱住一條桌腳，往下一看，發現漆黑、龐大的巨魔龍就在他身下十公尺處。

「別怕！」神楓尖叫。「牠的目標是船！」
兩人的臉同時失去血色。
小嗝嗝還在船上。
不幸的是，小嗝嗝綁著滴答物和自己手腕的結綁得太好了，這是史圖依克的「不可能出錯繩結」，現在他怎麼也解不開這個結。
「**快點……快點……快點……**」他喃喃自語，一邊設法解開繩結。
「**沒牙，來幫我把它咬斷。**」他說。小龍用堅硬的小牙齦咬了半天，卻徒勞無功。
「**快一點，快一點！**」小嗝嗝尖喊。
「**我受夠了，**」沒牙收起翅膀，停止啃咬。「**凶巴巴壞主人都亂罵可、可、可憐的沒牙，沒牙才不要幫他。**」
下方傳來木板斷裂的巨響，整艘船

劇烈搖晃。又一聲恐怖的碰撞，大船往左傾，然後往下沉了兩公尺。

「**啊啊啊啊！牠把船撞破了，船底撞破了！快跳船啊！**」一名船員邊叫邊往海裡跳。

「沒牙！快幫我！」小嗝嗝尖叫。他焦急地拉扯繩子，試著解開它，卻只是把自己越纏越緊。「我不是故意凶你，我只是嚇到而已！」

「嚇到也不、不、不能亂罵人啊，」沒牙氣鼓鼓地抱怨。「而且壞主人現在還是很凶。」

「我哪有凶！」小嗝嗝尖聲說。「快咬啊！快咬啊啊！」

沒牙對小嗝嗝搖了搖翅膀。「壞主人要先跟沒牙說他很、很、很抱歉……」

「對不起！」小嗝嗝尖呼。「我真的非常非常非常抱歉！抱歉到不行！」

「你要說：我是沒翅膀的大笨蛋，沒、沒、沒牙是全世界最帥、最

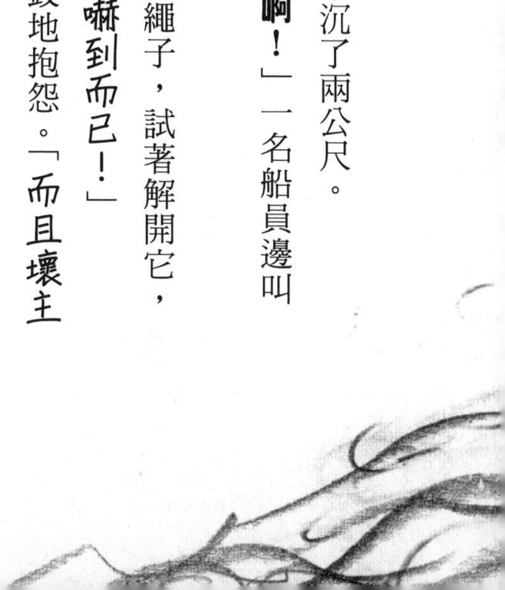

聰明、最、最、最善良的龍……」沒牙壞笑著說。

「我是沒翅膀的大笨蛋沒牙是全世界最帥最聰明最善良的龍！」小嗝嗝急促地重複道。

這時，諾伯整個人癱在甲板中間，小嗝嗝努力拉扯繩結時，他暗暗祈禱諾伯真的真的死透了。

可是諾伯似乎堅不可摧，他微微一動，噩夢似地站了起來。小嗝嗝彷彿回到無數場噩夢中，眼睜睜看著一團骨頭、肌肉與一雙充滿殺意的眼睛搖搖晃晃地站起來。

諾伯溼答答的衣服已經破爛不堪，整張臉因憤怒而猙獰扭曲。

小嗝嗝看到諾伯眼裡瘋狂的異光，知道諾伯已經什麼都不在乎了——無論是逃離決意摧毀大船的巨大海龍也好，登上近在眼前、遠在天邊的美洲大陸也好——這些都無所謂了。

現在，他只想取小嗝嗝項上人頭。

「**你……**」諾伯一瘸一拐地往前進，氣喘吁吁地罵道。「小嗝嗝・何倫德斯・黑線鱈三世，你是我的死敵……我的詛咒……要不是『你』，我早就變成大富翁、在美洲清點我的金銀財寶了……要不是『你』，我早就是新世界的帝王了……可是你跟你那隻可惡的小蜥蜴，又再次毀了我的夢想。我的老索爾啊，難道我連個『夢想』都不能有嗎？就是你，一次又一次把我的夢想燒成灰燼。」自憐的淚水滾落諾伯憤怒的面龐，他在及膝的海水中一步步靠近。

他高舉長劍，跌跌撞撞地走來。

「……**等我們回家，我會讓沒牙養一隻可愛的小老鼠當寵、寵、寵物。**」沒牙終於說完了。

「**等我們回家我會讓沒牙養一隻可愛的小老鼠當寵物沒牙快幫我不然我要『死』了！**」小嗝嗝尖呼。

沒牙**終於**在最後一刻解開纏在桅杆上的繩索，小嗝嗝驚慌地左顧右盼，天空因雷電而震顫……他沒得逃了，只能往……**上**。

這時，小嗝嗝腦中浮現一個計畫。蠻荒群島是個危險的地方，因此小嗝嗝花了好幾年思考各種鋌而走險的計畫，但這次的計畫真的瘋狂到超出「鋌而走險」的範疇了，我們姑且稱之為「拚命自殺計畫」吧。

小嗝嗝收起努力劍，順著美國夢二號的船桅往上爬。

第十八章　美國夢二號的桅杆上

小嗝嗝如同猴子般爬上桅杆，船桅隨著海浪上下起伏，像棵搖來晃去的大樹，他隨時可能被撕扯衣服的狂風吹落，寒風吹得他手指僵硬，差點鬆開，但他還是繼續往上爬，不停往上爬。

諾伯在桅杆前稍微停下腳步，大笑著朝上喊：「小子，你要去哪裡啊？你難道不曉得桅杆終有爬完的一天，你最後還是逃不出我的手掌心嗎？」

他跟著小嗝嗝往上爬。

諾伯一直爬、一直爬，他動作很快，因為他爬行的技巧很特別：每爬幾公尺他就會尖叫一聲，奮力把斧頭砍入上方木材，接著幾乎是僅憑雙手的力量把自己往上拉，拔出戰斧，再把它砍入上方的木材。

小嗝嗝已經爬到最頂端了。

他把桅杆上索具的繩子纏在手臂上（這次他

不敢打結了），再次拔劍，等著諾伯爬上來。

魚腳司和神楓漂在海上，目瞪口呆地看著他。

「他在做**什麼**啊？」

「他好像打算，」魚腳司緩緩地說。「在桅杆上和諾伯決鬥。」

小嗝嗝和諾伯在桅杆頂端的戰鬥，現在已是維京人家喻戶曉的傳奇故事。

從來沒有人在如此險惡的環境戰鬥：他們的船受狂風暴雨侵襲、被深海巨龍攻擊，正迅速下沉，小嗝嗝和諾伯卻在這艘船的桅杆頂端打鬥，實在不

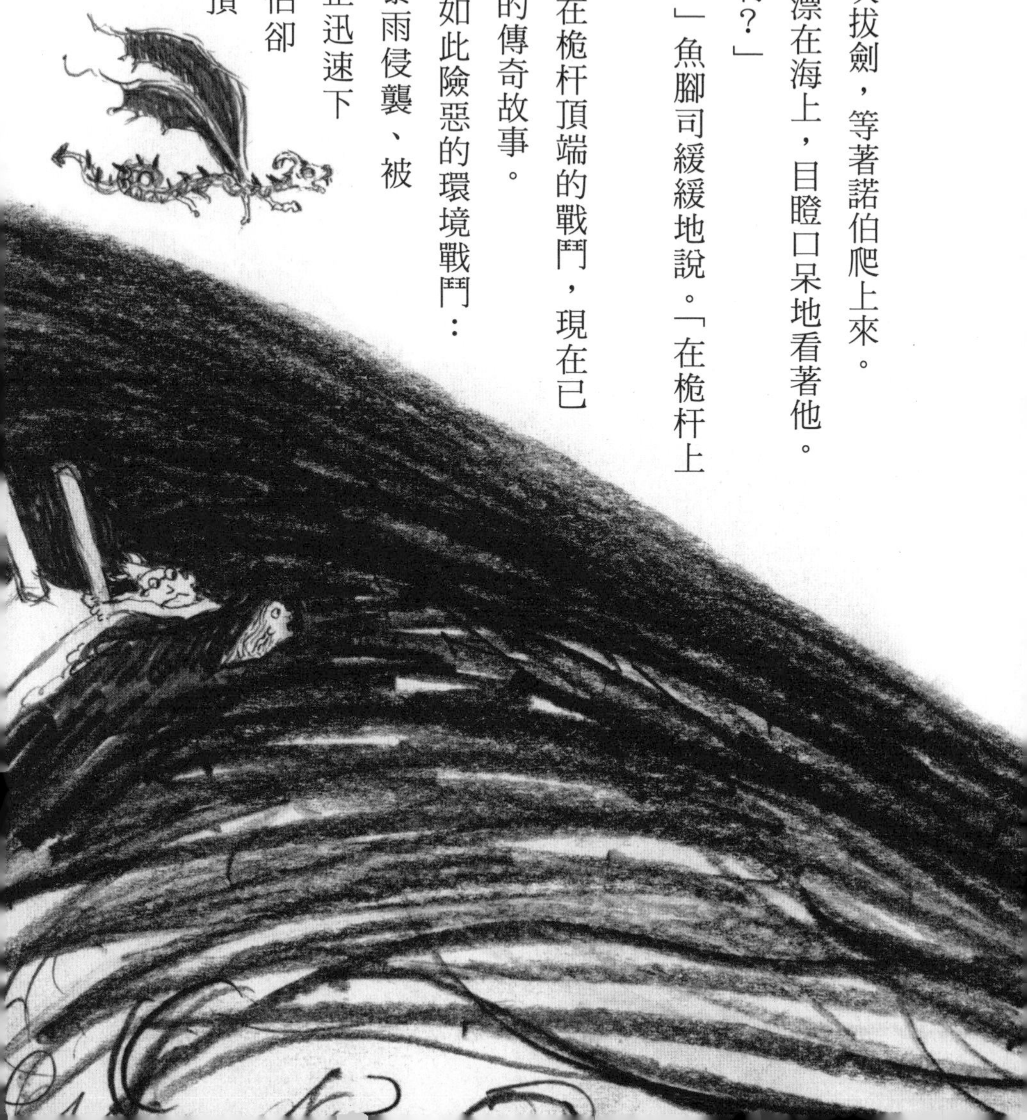

可思議。一爬到船桅頂端，諾伯就用左手拔劍，用力斬向小嗝嗝，小嗝嗝及時格擋，兩把劍「噹啷」一聲撞在一起。

「諾伯，現在收手還不算太遲。」小嗝嗝氣喘吁吁地說。他擋下諾伯的閃燒華麗刺，差點摔下索具。「我們不能等等再打嗎？船要**沉**了。」

大船彷彿在回應小嗝嗝，突然往下一沉，小嗝嗝勉強用一條手臂撐住身體，再用腳踩上被雨水淋得溼滑無比的索具。

「我**已經**很有耐心了！」諾伯呼號著使出雙腕碎心擊。「我被困在歇斯底里島，困了十五年！我們造了兩艘美國夢號，都被『你』給毀了！如果沒有你，我的計畫肯定能順利進行！」

「換個角度想，」小嗝嗝邊反駁邊抓住桅杆，接連使出兩招腕轉，再來一招陰森鬍扭打技。「你不是想殺我們嗎？那我們當然要自衛啊。」

「你哪來這麼多藉口。」諾伯氣呼呼地大吼。「我也『可能』不會殺你們啊。可是現在，我當然要宰了你。」為了強調這一點，他瞇起瘋狂的雙眼，先是使出「完美刺擊」，接著用戰斧狂亂一砍。

小嗝嗝急忙閃避戰斧，剛好有一陣風把他往後吹，他一時站不穩腳往下摔，用一隻手勉強抓住桅杆。諾伯用腳猛踩他的手指。

神楓和魚腳司在下方的海裡載浮載沉，幾乎不敢再看。

小嗝嗝及時把滴答物往上甩，它劃過空氣，繩子纏在船桅的橫杆上。就在小嗝嗝鬆手時，他拉著繩子盪——過去，發出毛流氓戰吼的同時，安穩地落在和剛剛有一小段距離的橫杆上。

「小嗝嗝，做得好！」神楓興奮地歡呼。「這招太酷了！」

沒牙在諾伯面前飛來飛去，幫小嗝嗝爭取站穩腳步的時間。小嗝嗝優雅地使出幾招左手刺擊，其中一擊直接割斷諾伯右手的袖子，差點讓諾伯的手無法用劍。

「魚腳司，我覺得他要贏了。」神楓開心地說。

那個畫面非常壯觀。

索爾憤怒地降下一道道雷電，遠方是美洲海岸灰色的輪廓，半沉的大船仍不斷冒煙，而船桅高處是兩個小小的人影，他們爬得更高了，正在瞭望臺戰鬥……

「我的雷神索爾啊！」魚腳司驚呼。他像快淹死的小蜘蛛，緊緊抱著地圖桌的桌腳。「那是什麼？」

剛才巨魔龍一直從下方攻擊船底，美國夢二號顯然建得非常堅固，船身直到現在才碎裂，巨龍的頭部從甲板下探出來，牠怒號著用利齒啃咬木板，仰頭發出了震耳欲聾的吼聲，同時往上射出三根刺針。一根燃著火焰的骨矛筆直射向戰鬥中的兩人，還有一根差點刺中諾伯的屁股（要是真的被刺中了，一定很難受）。

諾伯恍若大夢初醒，他低頭看見大船的甲板化成破碎的木材，大海怪的頭部從下方衝出來，往上望向他和小嗝嗝。

巨龍的牙齒奇臭無比，聞起來像死去多時的海豹和腐爛的海豚（大海龍吃肉，所以牠們一定有口臭），諾伯還看到一個運氣不好的歇斯底里人被吞入海龍漆黑的食道，一雙腳就這麼溜了下去。

諾伯一時失了神，他發現自己因憤怒而失控，此時面臨和死亡對峙的時刻。

小嗝嗝有了一瞬間的機會——神楓和魚腳司驚愕地看見，小嗝嗝並沒有利用這個機會、把劍刺進諾伯門戶大開的胸口。

小嗝嗝仰頭望天，收起了長劍後把腳上的鞋子踢掉，手腳並用地往大船最頂端爬。

「他在做什麼啊？」神楓震驚地問。「他怎麼把劍收起來了！唉呀弗蕾亞女神的鬍子啊，我從來沒看過哪個『女生』做這種事……『男生』真是的……」

神楓怎麼想也想不明白，在這種情況下，怎麼會有人笨到把劍插回劍鞘？

小嗝嗝像在走鋼索似地爬到上頭的橫杆上，赤裸的雙腳踩著冰冷的木杆，雙手為保持平衡而不停往外晃，衣服被狂風又拉又扯。

他抬頭望向烏黑的雷雨雲。「**雷神索爾！**」他大喊。

「現在是祢表明立場的時候了！祢到底是不是站在我這一邊？」

小男孩在即將下沉的大船船桅上搖搖晃晃地站著，大開的雙臂不知是為了平衡還是為了對風雨交加的天空祝禱。

在那一瞬間，美國夢二號似乎暫停下沉，用爪子把龐大身軀往桅杆上拖、貪婪地大張著血盆大口的巨魔龍，雕像般靜止不動，就連狂風暴雨似乎也暫停了。

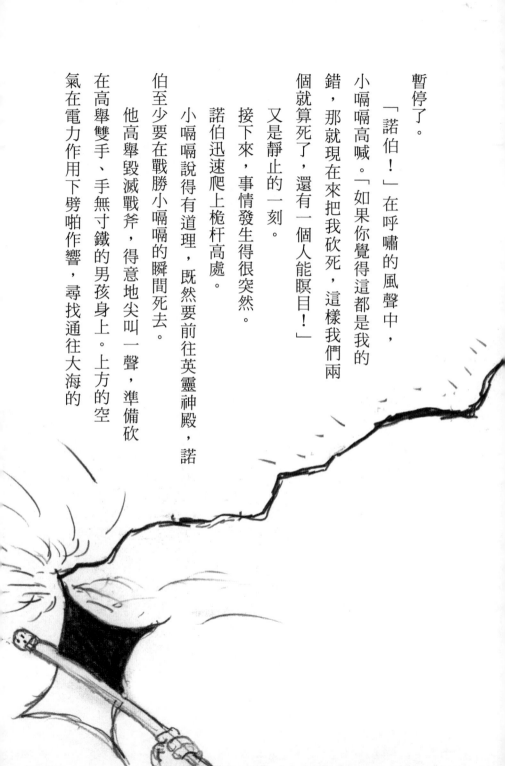

「諾伯！」在呼嘯的風聲中，小嗝嗝高喊。「如果你覺得這都是我的錯，那就現在來把我砍死，這樣我們兩個就算死了，還有一個人能瞑目！」

又是靜止的一刻。

接下來，事情發生得很突然。

諾伯迅速爬上桅杆高處。

小嗝嗝說得有道理，既然要前往英靈神殿，諾伯至少要在戰勝小嗝嗝的瞬間死去。

他高舉毀滅戰斧，得意地尖叫一聲，準備砍在高舉雙手、手無寸鐵的男孩身上。上方的空氣在電力作用下劈啪作響，尋找通往大海的

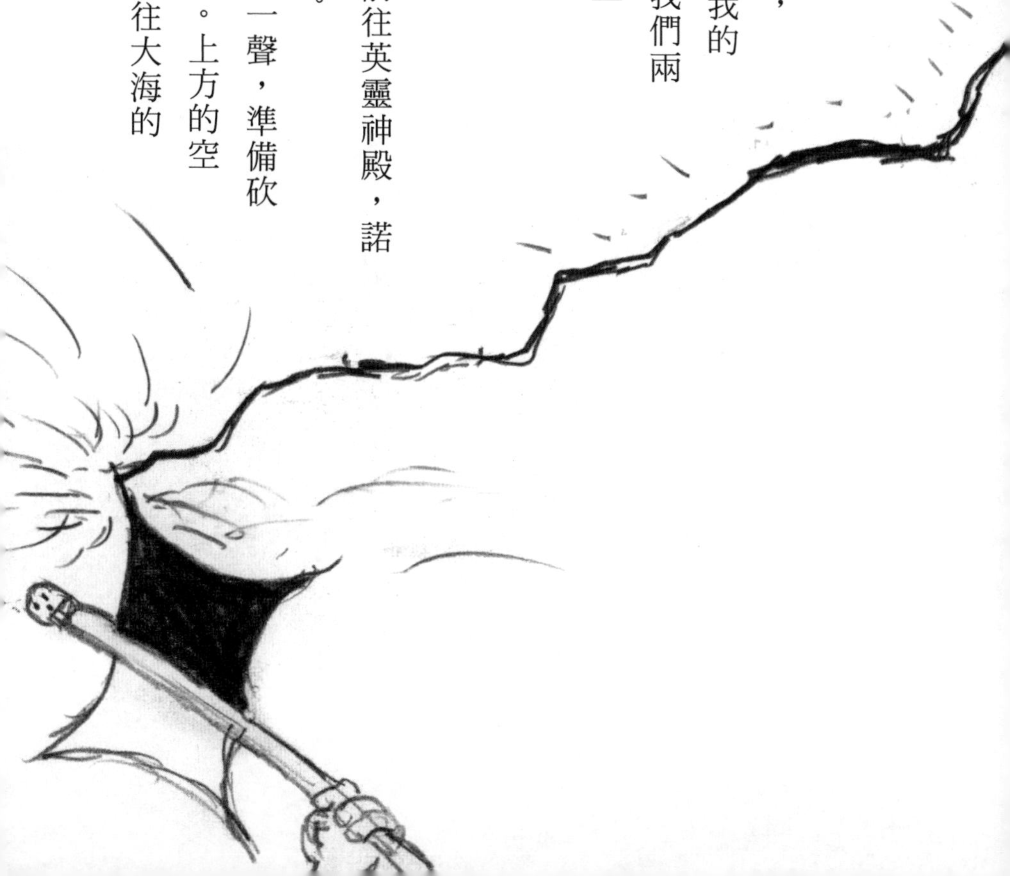

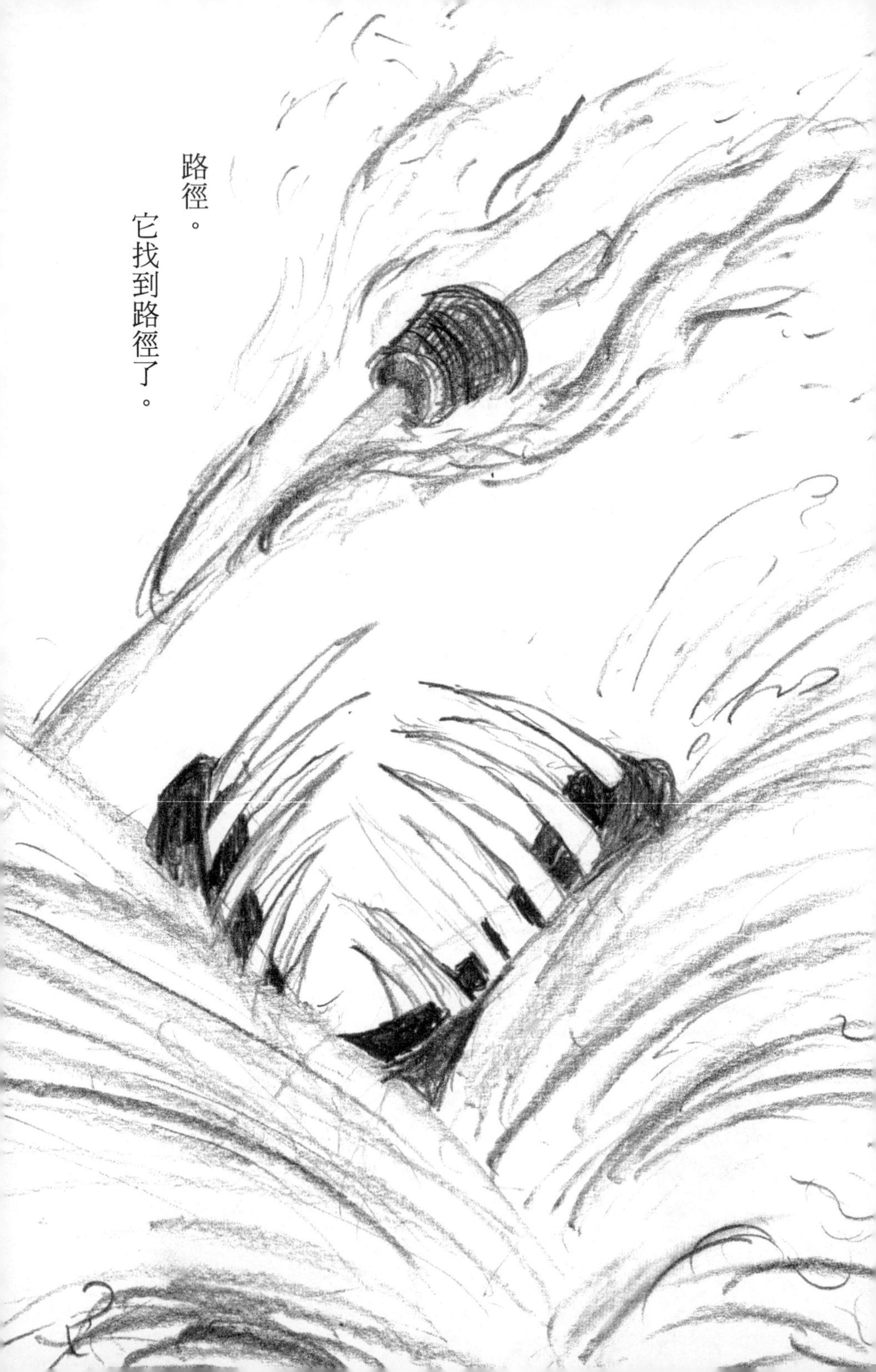

路徑。
它找到路徑了。

毀滅戰斧高舉在美國夢二號船桅上方一公尺又十三公分處，這是方圓數英里內的最高點，是諾伯用最好的材料精心打造的斧頭。

沒有比這把斧頭更適合導電

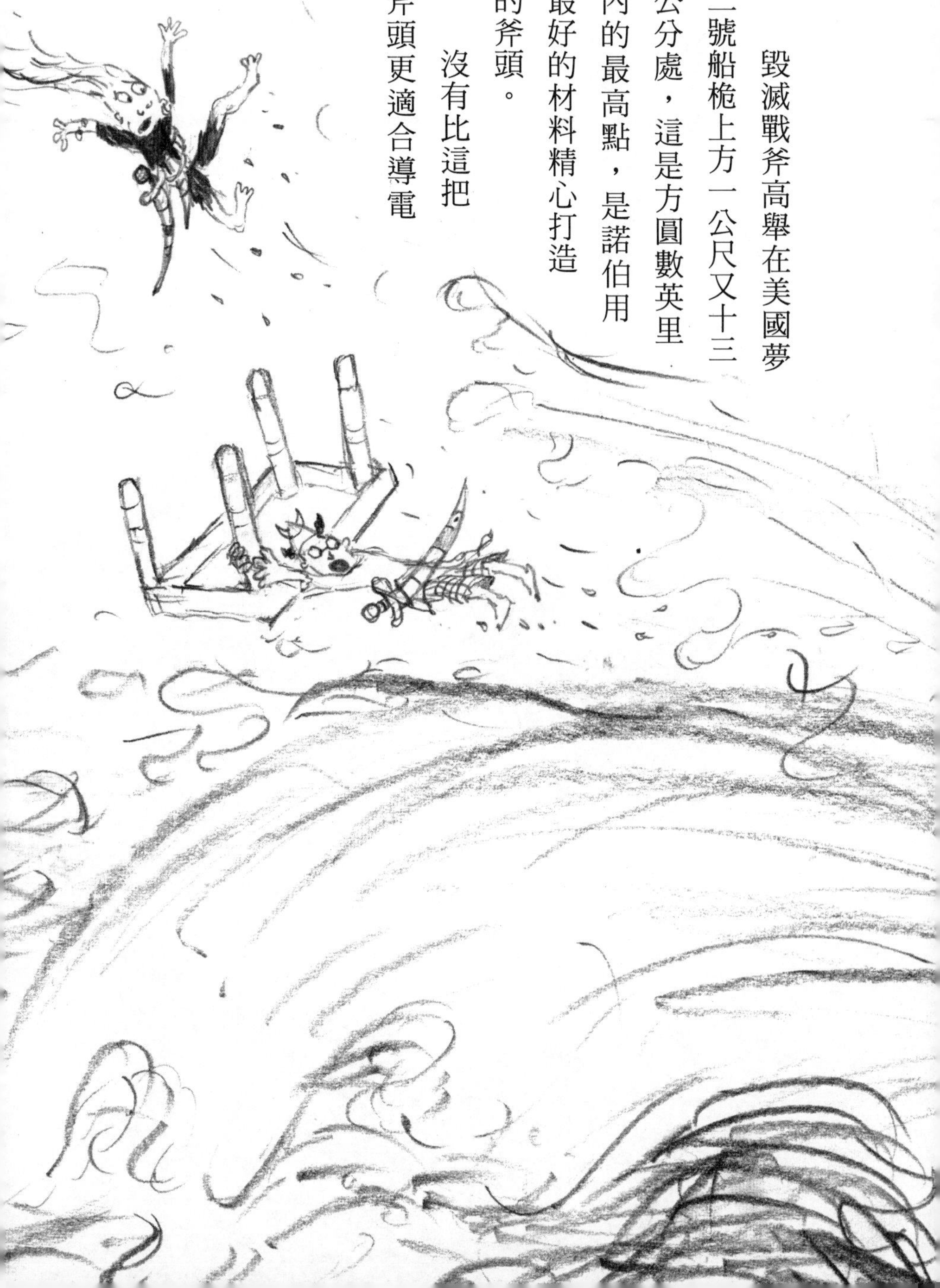

的東西了。

一道鋸齒狀的閃電從雲端落下，打在戰斧烏黑的尖端。它擊中戰斧前的剎那，小嗝嗝雙腳離開船桅，以不太好看的動作跳下桅杆。

閃電打在毀滅戰斧上，三十萬伏特的電流隨著火花流下瘋子諾伯的手臂，沿著桅杆往下流，直接穿過巨魔龍龐大的身軀。

諾伯鼻頭迸出火花，火花彈射在木杆上將它點燃，巨魔龍不住抽搐著身體，每一根尖角也冒出火花，變成漂亮的煙火。瘋子諾伯的身體從桅杆頂端往下摔，摔入大海。

巨魔龍也往下撞，牠撞破船身，激起更多浪花、噴射更多木屑。美國夢二號的桅杆熊熊焚燒

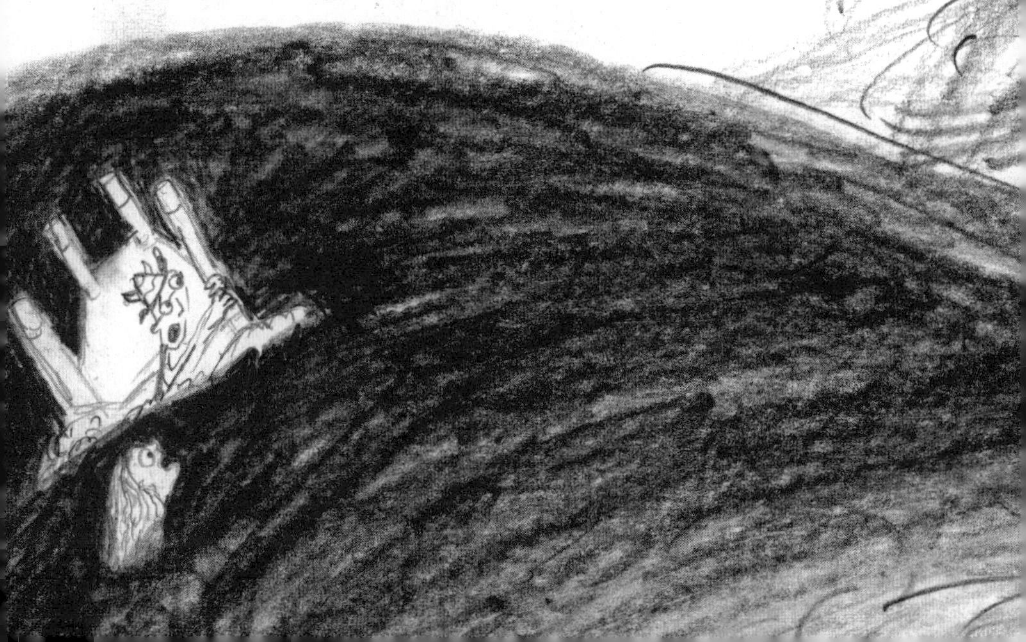

著，整艘船華麗麗地下沉——維京世界最大、最先進的船就這麼化為木造骨架、化為幽魂，緩緩沉入冰冷無情的海底。巨魔龍的屍體隨著大船一起沉入深海，大船彷彿成了牠的棺材。

本想吞噬大船的牠，最後卻落得被大船吞噬的下場，牠的屍體將被吃得只剩白骨，永遠沉睡在海底的幽靈船裡。就我所知，維京人再也不會建造如此雄偉的大船了。

瘋子諾伯雖然瘋瘋癲癲的，卻也是個天才，而且我們不得不承認，他還是個有理想的夢想家。

也許未來的瘋狂發明家會再次夢到這樣的一艘船。

但就現在而言，諾伯的夢想死了，他所有希望都隨著大船沉到海底。

小嗝嗝他們回到蠻荒群島的唯一希望，就這麼沉了。

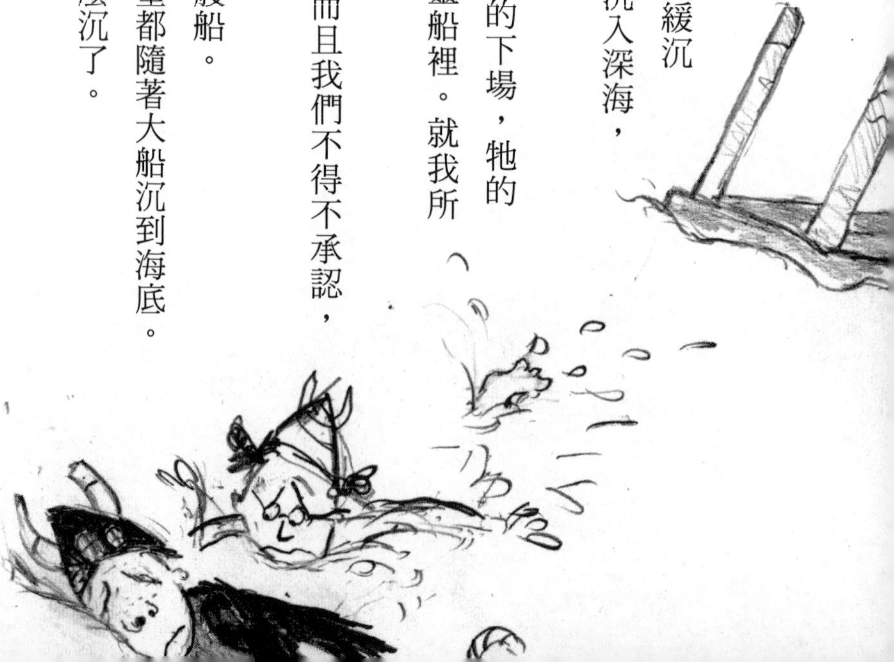

第十九章　繼續打水，回家的路還很長呢

那小嗝嗝呢？他後來怎麼了？

小嗝嗝剛才用不怎麼漂亮的姿勢跳下桅杆，沒牙收起翅膀，跟著俯衝下去，從桅杆到海面的距離很長，等小嗝嗝落入令人窒息的冰冷海水，他的下墜速度已經快得驚人。

小嗝嗝被衝勢拉著入水，過好一段時間才能往上游，路上還撞到緩緩下沉的大釜。他吐出嘴裡的海水，大口喘氣，他不確定自己身在何處，就連自己是誰、發生了什麼事都不清楚。他眼睛出血，頭暈目眩，就這麼昏了過去。

沒牙對神楓和魚腳司驚叫一聲，衝到水裡把主人往上拉，讓小嗝嗝的臉部

浮出水面。神楓立刻手忙腳亂地游過去要幫忙，可是她離小嗝嗝落水的地點有一段距離，不可能及時趕到，倒是魚腳司離小嗝嗝很近。

就在小嗝嗝第二次消失在水面下時，魚腳司放開桌腳，用亂七八糟的動作游向他的好朋友。

他把不省人事的小嗝嗝拖出水面，帶著他游了兩、三公尺，到相對安全的地圖桌旁。

「我的雷神索爾啊，雷神索爾啊……他還好嗎？」神楓游過來問。小嗝嗝癱軟地躺在桌上，他還有呼吸，但雙眼緊閉，一條手臂無力地垂在水中。

「不知道……」魚腳司焦急地回答。「他還活著，可是昏迷不醒，可能是剛剛在水下撞到頭了。」

「我們要**趕快**讓他離開海水，」神楓高聲說。「讓他的身體暖起來。」

暴雨突如其來地離開了，飄往名叫美洲的大陸，只留下一片混亂。憤怒的天神彷彿將大船翻倒過來，把船裡的東西全部倒到海裡，再讓船沉到海底。倖存的歐斯底里人繞過漂在水面的各種物品，開始游向美洲海岸。

鍋子、椅子、桌子、吊床、棋盤、矮凳、漁具、褲子……諾伯還真是野心勃勃，竟然帶了這麼多東西來美洲。這些雜物現在全被海浪沖散，過好幾年還會有東西漂到白色沙灘上，真不曉得那些美洲原住民撿到漂浮物會作何感想。

神楓試著把地圖桌拉往陸地，可是魚腳司比較擔心那些在沙灘上來回走動的人影看到他們，會作何感想。

搭乘雄偉華麗的大船、全副武裝、帶著各種食物與貨品，轟轟烈烈地登陸新世界是一回事，可是你問問歷史上可憐的難民，如果你幾乎沒穿衣服、手無寸鐵、毫無防備又身無分文地來到新國家，那又是另一回事了。

他們以外來者的身分來到異國，對方會對他們感興趣嗎？會慈悲對待他們嗎？還是會用恐懼與箭雨迎接他們？

「不行！」魚腳司呼喊著往反方向拉。「不行！我覺得我們應該往那邊游！」他指向大海。

「你小小的腦袋該不會壞掉了吧？」神楓問道。「蠻荒群島在大西洋另一邊，離我們好幾千哩遠，你難道想『游』回去？」

「當然不是，」魚腳司喘著氣說，不小心吞下一大口海水。「我好像看到天邊有船的輪廓……我有種強烈的預感，總覺得在沙灘登陸是非常糟糕的主意……」

沙灘隱隱傳來呼喊聲，像在同意魚腳司的說法。

「唉，真是的。」神楓全身發抖，因疲勞與寒冷而全身無力。

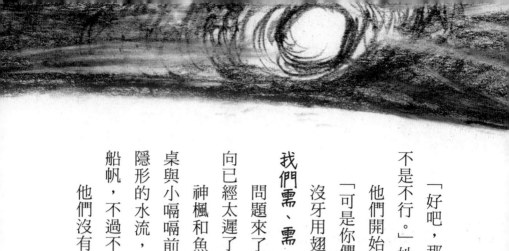

「好吧，那我們往海的方向游一小段路，反正到時候要改變方向也不是不行。」她同意了。

他們開始往海灘的反方向游。

「可是你們又不能住在海裡！人類沒有鰓啊！」暴飛飛指出。

沒牙用翅膀幫小嗝嗝的臉搧風，試圖叫醒他。「主、主、主人，**我們需、需、需要你！這些人、人、人類不知道在幹麼！**」

問題來了：他們越往海裡游，情勢就變得越清晰，現在要改變方向已經太遲了。

神楓和魚腳司又累又冷，還得在翻滾的海浪中推著倒過來的地圖桌與小嗝嗝前進，所以他們游得非常慢。這麼說來，海裡應該有一股隱形的水流，帶著他們快速漂往大西洋。他們游向魚腳司剛剛望見的船帆，不過不久後船帆被海霧吞沒，魚腳司懷疑自己剛才眼花了。

他們沒有提到這件事，但兩個人都明白眼下的情況。

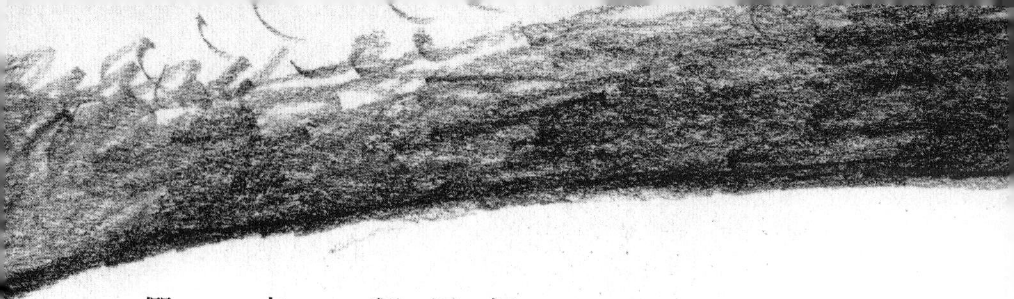

他們凍僵了，也累到說不出話來，只能用全身的力氣打水。

「繼續打水……繼續打水……繼續打水……」魚腳司喃喃自語。

說來奇怪，有些故事到頭來只是繞了個圈，最後又回歸原點。

數週前，三個小維京人從凶殘群山山腳的海灘出發，游離陸地。

此時他們又游向同一片海洋，只不過起點是在對岸。

過了一段時間，後方的陸地也被迷霧吞噬，他們成了陌生海域一個奇形怪狀的漂浮物。兩個維京小孩推著桌子與另一個維京小孩，在廣闊無邊、孤獨寂寞的海中游泳。

兩隻小龍拍著翅膀飛在他們上方，被風吹得飄搖不定。

這裡的海浪還是很洶湧，他們隨著浪濤上下起伏，在海水撲

面襲來時努力撐起頭部，一道波浪過了又有新的一道。他們的腳冷到幾乎不能打水，手臂也完全麻木了。

沒牙想幫忙，牠抓魚給魚腳司和神楓吃，可是這兩個可憐的人類實在太無助了，連魚都不想吃。

過了大約半個小時，神

楓張開凍得發麻的嘴脣說：「你剛剛是不是學會游泳了？你什麼都沒扶就把小嗝嗝從海裡拖出來了，對不對？我就說你可以的！」

「是吧？」魚腳司氣喘吁吁地回答。「我剛剛連想都沒想就游泳了。」他顫抖著笑了。「那這一切都算值得了，妳說是不是？要學游泳，還有比這更好的方法嗎！」

神楓歇斯底里地輕笑幾聲後說：「我們是不是該往回游了？」

「再等一下好了。」魚腳司說。「繼續打水……繼續打水……」

又過了二十分鐘，神楓說：「我先睡個午覺好了，好累喔……」

「好吧，」魚腳司說。「我們先小睡一下再繼續游泳。」

兩隻小龍分別降落在兩條桌腳上，直挺挺地坐著，宛如床架上的兩個守護天使。魚腳司和神楓把凍僵而疲憊的頭靠在桌上，魚腳司快睡著時，半閉著的眼睛看到什麼東西……

……那是一艘近得不可思議的船，陡然出現在霧中。

「這邊，」他悄聲說，嗓子冷到幾乎不能出聲了。魚腳司用手肘撐起上半身，提高音量：「**這邊！**」

他脫下背心，半站在桌上揮動背心。「**這邊！這邊！這邊！**神楓快醒醒，有船！有船啊！」

「走開，讓我睡覺啦……」神楓閉著眼睛咕噥。「還沒天亮耶。」

船上的人似乎聽到了魚腳司的叫喊，甲板上的人用奇怪的語言高呼，船朝地圖桌的方向划來，越划越近。

「醒醒啊，神楓，快醒醒！真的有船！」魚腳司高喊。「而且有好多艘船！」

神楓撐開眼皮，看到七艘船漂在海面，第一艘船的船頭有個站得筆直、右手高舉火把以便在霧中航行的人……

……小熊阿嬤。

「希望我們不算太遲，」她用族語說完，看到躺在桌上動也不動的小嗝嗝。

「看來可能已經來不及了。」她的語音十分哀傷，卻也帶有一絲陰沉的滿意。

這七艘流浪者船隻跟著美國夢二號橫渡大西洋，流浪者是全世界最厲害的追蹤者，他們不太可能跟丟。

過去一小時，他們知道他們在接近美國夢二號，因為海上出現了大船的殘骸與漂流物──蠟燭、裝著蔬菜的木桶、一罐罐啤酒、椅子、船槳、地圖、杯子、刀劍和鍋子，全都是大船完蛋時留下的古怪物品。

流浪者盡可能把這些漂流物撿起來，他們部族並不富裕，對他們來說這些已經是一大筆財富了，說不定還能派上用場。

其中一艘船甚至撿到諾伯未完成的飛行器，流浪者把它平衡在甲板後頭，它彷彿隨時會飛上天。

正當小熊阿嬤以為小嗝嗝在海裡溺死或在美洲登陸時，他們看到漂在遠方的地圖桌。

沒想到小熊阿嬤雖然愛詛咒人，卻也是個很有本事的護士，她比毛流氓部

族的醫師老阿皺還厲害許多，老阿皺平時都用海鷗糞便和蜘蛛網做奇奇怪怪的藥，吃了反而會覺得更不舒服。

吃了小熊阿嬤的藥，過了兩個小時後，小嗝嗝睜開眼睛，看到魚腳司、神楓、暴飛飛、沒牙、小熊和小熊阿嬤低頭看著他。

「我還以為你們丟下我們不管了。」小嗝嗝驚訝地對小熊阿嬤說。

「你怎麼會這麼想？」小熊阿嬤罵道。「我們搭那些沒用的小登陸船，怎麼可能追上你們？還得回去找好用的船呢。我們流浪者跟『某些人』不一樣，很注重誠信的。」

第二十章　滴答物變得更響了

就和來時一樣，小嗝嗝回家的航程很漫長，如果我把他們一路上遇到的龍族、撐過的風浪與危險全寫出來，可能一輩子都寫不完，所以我在此省略中間的過程。

小嗝嗝每天查看滴答物，隨著船隻一天天接近家鄉，他們心中也萌生興奮的希望。

儘管如此，小嗝嗝心中存在一絲憂慮。在友好的族際游泳比賽當天，老阿皺在海灘對他說過一句話：他叫小嗝嗝在三個月、五天又六小時內回到起點。

老阿皺為什麼這麼說？

親愛的讀者，你掌握所有的資訊，自然會覺得這件事理所當然，不過小嗝嗝、魚腳司和神楓想都沒想過這場比賽會如此重要（畢竟它是友好的競賽，而且蠻荒群島總是有部族進行形形色色的比賽），他們也沒想過比賽會進行這麼久。

小嗝嗝不知道老阿皺為什麼要設下這麼精確的時限，他之所以擔心，是因為滴答物顯示從比賽開始到現在已經過了三個月、四天又十三小時，目前距離蠻荒群島還有至少兩天的航程。

「我實在不知道你擔心這個做什麼。」魚腳司說。他們快到家了，魚腳司心情十分愉快。「時限應該沒什麼特別的意思吧，老阿皺的占卜能力不怎麼樣，腦袋也有點怪怪的，你又不是不知道。」

「那要是**真的**有什麼特別的意思怎麼辦？」小嗝嗝很堅持。「說不定老阿皺早就預知我們會遇到這些事情呢……他會不會猜到我們不會當天回去？而且你看，我們回來的時間幾乎符合他給的時限，可是會稍微遲到，我還記得他**特別**

叮嚀我不要遲到……」

隔天，小嗝嗝變得更焦慮了，滴答物也如老阿皺說的那樣，變得更響了。

滴、答、滴、答、滴、答。

「你們看！」小嗝嗝焦急地說。「這表示我們只剩六個小時了。今天雖然風很大，可是我們離目的地還有至少……」他查看滴答物。「……**二十四小時**的航程……我們要遲到了！」

「什麼遲到了？」魚腳司厭煩地問。「就算遲到了，我們也沒辦法啊。老阿皺說那些話應該沒有特別的意思啦。」

小嗝嗝緊張地不停擺弄滴答物，這時，滴答物的背面打開了，他首次注意到裡頭除了不停轉動的精細小齒輪之外，還刻著很小、很小的兩個字母：「G．G」。

小嗝嗝的心跳突然加速，他看過這兩個字母，也知道這是什麼意思。

「恐怖陰森鬍」。

小嗝嗝原本以為滴答物是諾伯父親——大賈伯——的發明，一想到自己把滴答物從諾伯那裡搶走，就感到良心不安。

現在看來，滴答物會落到大賈伯手裡，多半也是透過盜竊。

既然滴答物原本的主人是恐怖陰森鬍，那它現在就屬於恐怖陰森鬍的繼承人，而這個人就是……

……小嗝嗝。

這麼想來，小嗝嗝完全確信老阿皺給他的時限深具意義，雖然他還不知道意義是什麼，他敢肯定這背後有他還不瞭解的某種因素。

就如小儀器的齒輪相連著轉動，他遭遇的一切想必也有不為人知的關聯。

六個小時。

滴答物**滴**、**答**、**滴**、**答**、**滴**、**答**響個不停，比剛才還要大聲。

他們怎麼可能在六個小時內回到凶殘群山……至少，**搭船**是沒辦法了。

小嗝嗝抬頭，看見被謹慎的流浪者拖上船的飛行器——諾伯未完成的飛行器——此時它被綁在另一艘流浪者船隻的船首雕像上。

今天風很大、很強。

小嗝嗝曾搭過羅馬人的監視熱氣球，他明白飛行比航海快得多。（註7）

可惜諾伯的飛行器不能飛。

魚腳司順著小嗝嗝的目光看過去，猜到他心中的想法。「小嗝嗝，不行，你在開什麼玩笑！他們一路上試用了多少次，你難道忘了嗎？它不是每次都跟石頭一樣從天上掉下來嗎？那臺飛行器**不能用**。」

「我們本來不是也以為『防止船下沉暨嚇走大海龍機』不能用嗎？」小嗝嗝指出。「我們錯了。」

「可是我們離終點好近……好近……而且重點是，我們現在**活得好好的**。」魚腳司驚聲說。「我們都快到了，為什麼一定要現在冒險？不行，小嗝嗝，我

註7　這件事說來話長，請參閱《馴龍高手III：陰邪堡的盜龍賊》。

這次絕不妥協……」

滴答物持續**滴**、**答**、**滴**、**答**、**滴**、**答**、**滴**、**答**作響。

第二十一章　游泳比賽結束

強風陣陣的凶殘群山上，偉大的史圖依克與大胸柏莎傲然站在崖上，他們的手臂都被鎖鏈綁縛，身邊包圍了凶殘部族的戰士。他們自尊心太高，不願表現出恐懼，他們要讓凶殘瘋肚看看一族族長壯烈赴死的模樣。前方是天葬之地，再過不久，史圖依克和柏莎將被綁在這裡，無助地等著天空龍來攻擊他們，把他們吃得連骨頭都不剩。

天上已聚集數百隻天空龍，發出禿鷹般飢餓的尖叫聲。

下方，毛流氓部族與沼澤盜賊部族鬱鬱寡歡，默默地站在海灘上，他們舉著火把，抬頭望向崖上兩位族長的身影。

這兩個部族不僅將失去族長，瘋肚還會占有他們的土地，毛流氓們和沼澤盜賊們已經打包好家當，把行囊全裝上停泊在港口的船了，船上堆著最寶貝的劍與盔甲、椅凳與衣物，還有雞、豬與羊，這是兩族所有的財產。

毛流氓部族打從一開始就沒有久居博克島的打算，博克島這地方不舒適、不華美也不文明，它不過是海上一塊滿是沼澤、亂七八糟的石楠與岩石堆，島民天天被強風吹得東倒西歪，和乘船漂在海上差不多，而且島上沒下雨的時候通常在下雪。

但博克島是他們從小生長的家鄉，毛流氓們在這座島上認識他們的戀人、養育小孩，現在到了離別的時刻，他們發現自己不想走了。

於是他們站在沙灘上，深陷在憂鬱之中。

太陽就要下山了，老阿皺大大的沙漏快沒沙了，複雜的蠟燭計時器也越燒越短，表示比賽即將結束。三位裁判嚴肅地坐在桌前。

三個月、五天、三小時又二十**四**分鐘……三個月、五天、三小時又二十**五**分鐘……

諾伯未完成的飛行器，飛得比魚腳司預期的還要好。

但我不得不說，魚腳司的期望真的低到了谷底。

魚腳司和神楓堅持要和小嗝嗝一同搭乘飛行器，神楓本來就喜歡這種瘋狂的行徑，而魚腳司堅持陪同小嗝嗝，是因為抱怨歸抱怨，他終究不願離棄他在世上唯一像親人的朋友——小嗝嗝。

流浪者奮力把機器搬到船桅頂端，小熊阿嬤預言這趟飛行將以毀滅與災厄收場。「維京人都是瘋子……就連小維京人也一樣……」

但小嗝嗝並沒有遭遇毀滅與災厄——至少，一開始沒有。

今天的風非常大，流浪者放開機器的瞬間，它立刻成功起飛，風從機翼下方托起整架飛行器，它幾乎像鳶鳥一樣垂直飛上天。

「呀呼嗚嗚嗚嗚！」神楓高呼。三個小維京人的腿掛在身下，頭髮被風往後吹，他們乘著機器往上、往上飛向遼闊藍天。

「如果雷神索爾要人類飛上天，祂幹麼不給你們翅膀？」暴飛飛一臉好笑地飛在他們旁邊。

強風將輕盈的三個小維京人與飛行器吹遠，他們很快地遠離海面那七艘流浪者船，以及船上那些歡呼、揮手的流浪者，飛到令人心跳暫停的高空。

小嗝嗝有騎龍飛行的經驗，但他從來沒有飛得這麼高。

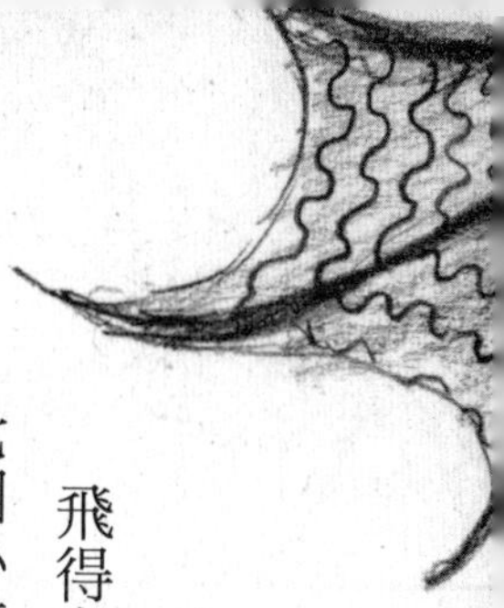

他們來到了天空高處，高到看不出他們飛得有多快，只知道七艘小船已是後方遠處的七個小點。

高空很冷，他們的手指冷到無法抓握，小嗝嗝暗自慶幸他們事先把自己綁在機器上，否則現在應該已經墜向下方遠處的大海了。

他們在空中飛了很久很久，過一段時間，就連魚腳司也相信他們不會像石頭一樣從天上掉下去，他終於睜開雙眼左顧右盼，望向上方與下方無垠的藍天與海洋。

滴答物不停**滴**、**答**、**滴**、**答**、**滴**、**答**、**滴**、**答**作響，它越來越大聲，越來越急切。**希望我們能準時回去……**小嗝嗝心想。

過了很長、很長一段時間，前方天際出現一抹灰色，小嗝嗝在狂風中大喊，指向那片越來越大、越來越綠的土地——那顯然就是凶殘群山。

「**我們要怎麼『下去』**？」魚腳司大叫。他們現在飛得太高，魚腳司突然擔心飛行器直接掠過蠻荒群島、飛往天邊。這時上方的機翼突然「啪！」一聲，回答了魚腳司的問題。

機器猛然往右傾。

他們迅速下墜，小嗝嗝的胃不停翻攪，耳朵「啵！」了幾聲。諾伯未完成的飛行器收起翅膀，筆直俯衝向海洋。

「**啊啊啊啊啊啊啊啊啊啊啊啊啊啊啊啊！**」小嗝嗝、魚腳司和神楓齊聲尖叫。

凶殘瘋肚在海灘來回踱步，披風飄揚在身後，齜潰瘍則摩挲著戴黑色手套的雙手，快步跟在主人背後。

再過十五分鐘，凶殘部族就要得到睽違百年的復仇機會……

「**十四**分鐘……」三位裁判盯著沙漏，悄聲說。

十三分鐘……

就在比賽只剩十三分鐘時，老阿皺隱隱聽到海上傳來的聲響，他瘦骨嶙峋的手遮擋夕陽的光線，另一隻手靠在耳邊捕捉聲音。是他的幻覺嗎？會不會是他老邁的心臟，發出他迫切想聽到的聲音？

三個月來，老翁首次站了起來，他拄著拐杖，搖搖晃晃地撐起衰老的雙腿，在沙地踉踉蹌蹌地前行。他豎起耳朵奮力聆聽，滿心希望能聽到他要的聲響……有了。

海上傳來細微的聲響，隨每分每秒過去變得越來越響。

滴、答、滴、答、滴、答。

在眾人震驚的視線下，老翁扯著嗓子發出蒼老的笑聲，開始用一雙老腿在沙地上跳舞，衣服隨著動作啪答啪答地甩來甩去，他簡直像個跳吉格舞的稻草人。

他真的瘋了……大家心想。老阿皺快步回到裁判桌，眼裡盡是興奮與愉悅。

然後，崖上傳來一聲吶喊。

史圖依克大叫一聲，指往某個方向，大家雖然聽不到他說的話，還是順著他手指的方向望過去，望向西方滾來的長浪。那裡什麼都沒有，只有夕陽灑落的光芒，打在一波波滾來的浪頭。

但又有人高呼一聲，這次好像是沒腦袋阿笨說的：「你們看！在那邊！」海灣遠處明顯出現三顆小小的頭，在海中隨浪起伏。

「這是怎麼回事？」齜凟瘍惡聲說。他瞇起眼睛，努力往海上看過去。「那不過是三隻**海豹**罷了。」

「哪有海豹長角的？」打嗝戈伯說。他胸中湧升一股希望。

「不是海豹就是鹿。」齜凟瘍辯道。

可是三顆小頭越游越近，大家發現他們不是鹿，而是戴著「維京」頭盔的三顆頭，上方還飛著守護主人的兩隻小狩獵龍。他們飛得更近了，老阿皺高呼：「大家別忘了！他們一定要在沒受任何人幫助的情況下登陸！」

他大可不必警告大家，因為觀眾已經看得呆若木雞，簡直石化了。

三個人影越游越近，一路游到淺海，踩上蠻荒群島淺海的沙子，在及腰的海浪中朝岸邊走去。

小嗝嗝、神楓和魚腳司踉踉蹌蹌地踏出大西洋的海水，從他們踏入這片海洋到現在，剛好過了三個月、五天、五個小時又五十八分鐘。

只見大家舉著火把站在岸邊，震驚地默默等待他們，小嗝嗝三人感到十分困惑。

很久很久以前，他們三人在觀眾的嘲笑聲中踏入海水，當時他們是個子最小的三個參賽者，大家都譏諷、嘲笑他們、對他們指指點點，令他們羞愧難當。現在，同樣一批觀眾——之前大笑著看他們衝進海裡的觀眾——全瞪大眼睛，驚奇、讚嘆地迎接他們歸來。

小嗝嗝、魚腳司和神楓經過時，海灘上高大的成年人紛紛取下頭盔，表示他們由衷的尊敬。人們看著小嗝嗝三人踩在沙地上的足印，敬佩地後退一步，他們震驚地舉起毛茸茸的粗壯手臂，欽佩不已地對三人敬禮。

這是魚腳司人生中最光榮的一刻。當初離開這片海灘時，他是所有人的笑柄，他不會游泳，手上還戴著可笑的游泳臂圈。現在，曾嘲笑他的人都看著他憑自己的力量從海灣另一頭游過來。魚腳司累到幾乎無法走路，卻還是驕傲地抬頭挺胸。

他從觀眾面前走過去，聽到一個毛流氓小聲對身旁的沼澤盜賊說：「右邊那位是魚腳司……」語氣充滿了崇敬。

你想想看，一個曾經被眾人忽視和嘲笑的男孩，竟成了族人仰慕的對象，多了不起啊！

魚腳司、小嗝嗝和神楓達成了和恐怖陰森鬍相同的游泳成就，但他們看起來不像是在海裡泡了三個月，只有頭髮沾了鹽水而像掃帚一樣亂翹、面頰被晒成深褐色，也許還長高了（畢竟從比賽開始到結束過了三個月，青少年在三個月內長高也不奇怪）。

這三個瘦巴巴的奇怪小孩，無疑是活著回到蠻荒群島的最後三個參賽者。

他們是最後歸來者。

小嗝嗝蹣跚地走向裁判桌，他累得不想問問題、累得不想思考了，滴答物被他拖著在沙中**滴、答、滴、答、滴、答**作響……

他在裁判桌前停下腳步，把綁著滴答物的繩子纏在手腕上，並小心翼翼地將滴答物放在驚愕非常的委員會面前。

兩隻小狩獵龍輕輕收起翅膀，降落在桌上，兩雙眼睛注視著擺在桌子中間的滴答物。

滴、答

滴、答……

……滴答物的鬧鈴終於響了，藏在器械裡的小鈴奏起毛流氓部族的國歌。

不愧是恐怖陰森鬍的遺物。

我必須承認，那傢伙真的很有「個性」。

老阿皺伸手關掉鬧鈴。

「我沒有遲到。」小嗝嗝說。

「對，」老阿皺說。「你來得剛好。」

沼澤盜賊與毛流氓站在原地，所有人瞠目結舌地盯著他們。

瘋肚的臉色比雷雨雲還陰沉。

「我不信！」齦潰瘍氣到結巴。「瘋肚不信……他們不過是**小孩子**……而且還是長得很奇怪的小孩，他們怎麼可能是**最後歸來者**。」

沒有人敢相信這件事。鼻涕粗驚得說不出話來，他怎麼也想不透，小嗝嗝到底是怎麼做到的？小嗝嗝明明就死定了，為什麼還能正大光明又活跳跳地出現？就連那個雜草似的魚腳司也學會游泳了，怎麼可能？

「其實他們還『不是』最後歸來者，他們要先發誓自己沒有求助於漂浮物或船隻才算數。」鼻涕粗壞壞地指出。他實在太嫉妒小嗝嗝，想都沒想就把話說出口了。

鼻涕粗的父親——啤酒肚大屁股——喊道：「鼻涕粗，閉嘴！」還有人大叫：「太丟臉了！」還有：「大鼻子，你到底站在哪一邊？」就連凶殘部族也噓聲連連，因為沒有人喜歡背叛自己部族的叛徒。鼻涕粗的臉紅得很難看，他悶悶不樂地嘀咕：「我只是說說而已嘛……」

「**感謝**鼻涕粗好心提醒我們，」老阿皺邊說邊惡狠狠地瞪他一眼。「你們三個如果要正式成為最後歸來者，就必須發誓。你們能發誓嗎？」

小嗝嗝、魚腳司和神楓這才意識到事態有多嚴重，他們抬頭望向懸崖，崖上站著一排小小的人影，空中還有尖叫著盤旋的天空龍。他們環顧四周，看見族人嚴肅的表情。最後，小嗝嗝、魚腳司和神楓互看了一眼。

這個嘛……他們要發誓自己沒「求助於」漂浮物或船隻。

他們沒有叫瘋子諾伯綁架他們，回蠻荒群島時也只有魚腳司和神楓「求助於」流浪者部族，當時小嗝嗝不省人事，沒辦法對任何人求援。而且，飛行器不是漂浮物，也不是船。

所以，「技術上而言」，小嗝嗝**可以**發誓。

魚腳司和神楓把他推上前。

小嗝嗝舉起左手。

海灘上鴉雀無聲。

「我用我使劍的手鄭重發誓，」小嗝嗝說。「我沒有求助於漂浮物或船隻……我沒有憑騙技或詐術獲得勝利……我得到的幫助，全來自命運與偉大的雷神索爾。」

眾人放聲歡呼。

裁判長對崖上的凶殘戰士打了個手勢，他們心不甘情不願地放了柏莎與大塊頭史圖依克，兩位族長莊重地沿著崖上的小徑走到海灘，一路上頭一直抬得高高的。

歡呼聲響徹整個海灣，老阿皺驕傲地大喊：「**安靜！**」他看到孫子平安從海上回來，贏得比賽，實現了預言，當然驕傲無比。

（他也為自己的占卜能力感到自豪——老阿皺的預言有時候會出錯，這次是難得的成功。）

他拉著孫子轉身，面對觀眾。

「他沒有求助於漂浮物或船隻，」老阿皺用顫巍巍的蒼老聲音，嚴肅地高聲說。「我在此宣布，這場比賽的贏家，這次的最後歸來者，是……**小嗝嗝．何倫德斯．黑線鱈三世！**」

老阿皺得意地拉著小嗝嗝的手，把手高舉在空中。

「太荒唐了！」齙潰瘍怒不可遏。「怎麼可能！他不可能是最後歸來者！他一定有作弊！」

齙潰瘍一回神，發現有人抓住他的脖子把他整個人提了起來，他的兩條小短腿在空中亂踢亂晃，整個人簡直像隻焦急的甲蟲。

「你的意思是，**我的**祖先恐怖陰森翳，還有**我的兒子兼繼承人**小嗝嗝．何倫德斯・黑線鱈三世，都是『騙子』？」偉大的史圖依克怒罵，惡狠狠地把臉湊到齜潰瘍面前。

「呃……不是……我不是那個意思……」被掐得呼吸困難的齜潰瘍勉強開口，聲音和五歲小孩的嗓音一樣高亢。

毛流氓和沼澤盜賊歡聲雷動，他們把頭盔拋到空中，還上前拍拍小嗝嗝、神楓和魚腳司的背，柏莎和史圖依克緊緊抱住他們。所有人都準備登上停泊在強盜灣的船，他們已經受夠凶殘群山了，短期內（很長一段時間內）不想再看到這個地方了。

「等一等！」憂傷的痛揍蠢貨裁判長喊道。「在你們離去前，還有一件事情要處理。」他說。「最後歸來者還沒得到他的獎賞，根據所有人在比賽開始前許下的承諾，最後歸來者可以要求別族的族長完成一件事。」

歡呼聲消失了，氣氛也變得十分凝重。瘋肚靜靜站在原地，動也不動，他發現自己的詭計起了反效果，他完全中了敵人的計謀。史圖依克的笑臉瞬間沉了下去，柏莎雙手扠腰。

「小嗝嗝，你想要求他做什麼事？什麼都可以喔。」

凶殘瘋肚臉色慘白，雙手緊張地擺弄長劍。他知道自己沒得爭辯，事情會變成這樣，完全是他自己的錯。

沼澤盜賊與毛流氓冷冷看著他，等著報復他，每個人都拔出武器輕拍大腿，整片海灘瀰漫著沉重的殺氣。崖上的天空龍群繼續盤旋，牠們覺得被吃掉的人是「誰」並不重要。

「所以呢，小嗝嗝？你想叫他做什麼事？」老阿皺問道。

小嗝嗝望向大海，想了很久、很久。

他知道歷史很可能重演，如果他用瘋肚要對付他們的方法去對付瘋肚，讓瘋肚自食其果，那當然不錯，可是這樣一來，他會開啟新一輪的復仇循環。也許再過一百年，瘋肚的繼承人和小嗝嗝自己的繼承人將會重蹈這次的覆轍。他是不是該下定決心，對糟糕的過去說再見呢……

「我的要求是，」小嗝嗝緩緩地說。「凶殘瘋肚族長要穿可愛小牧羊女的衣服參加下次的『那東西會議』，然後在會議上唱情歌給大家聽。」（註8）

大家沉默半晌，轉頭看看史圖依克的反應。

史圖依克的臉依然氣得發紫，嗜血的怒火使他的臉微微膨脹，他的手也義憤填膺地顫抖。

接著，史圖依克緊皺的眉頭舒展開來，他把長劍插回劍鞘，仰頭哈哈大笑。他疼愛地拍拍兒子的背，承認道：「那應該會很好笑。」

註8 「那東西會議」是當地所有維京人部族的集會。

「非常好笑，」大胸柏莎笑吟吟地說，就連手臂的二頭肌也開心地抖動。「比頭戴內褲划浴缸好笑多了！」

毛流氓部族與沼澤盜賊部族收起武器，對惡作劇的熱愛澆熄了他們的怒火。在一瞬間，悲劇化成了喜劇。

其實，歷史就像滴答物內部相互影響的齒輪，只要發生出乎意料的事……像「打嗝」一樣的事……轉動的齒輪稍微改變動向……它們再次轉動時，就會是新的開始。

「瘋肚，你聽到沒有！」偉大的史圖依克大喊。「這就是我兒子的要求，你一定要照做……你別太難過啊。」

凶殘瘋肚和史圖依克握手。他本以為自己死定了，沒想到他運氣這麼好。他下次參加「那東西會議」要穿可愛小牧羊女的服裝唱情歌，他當然開心不起來。

一想到這件事，全凶殘部族就覺得很丟臉。

但整體而言，這還是比活活被天空龍群咬死來得好。

毛流氓部族登上他們的船，啟航回博克島。

他們還以為自己永遠失去了博克島，現在又載著滿船的家當回到家鄉，彷彿又一次發現了這座島嶼。

星光下的小島美不勝收。

博克島也許有點潮溼、風有點大，沼澤、岩石和石楠有點多，遠方想必有更肥沃的土地、更美麗的藍天，可是博克島是毛流氓部族的「家」，也許這才是最重要的一件事。

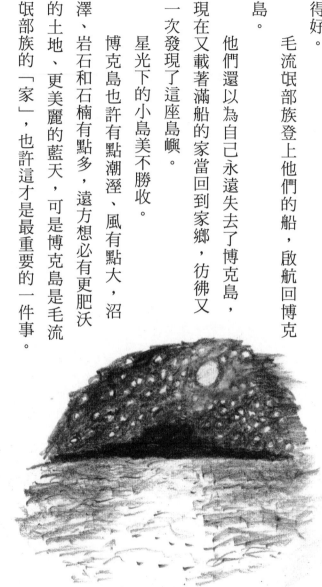

小嗝嗝的後記

這，就是我去新世界的冒險故事。

我在大船甲板上挨餓、受太陽烘烤、殺死怪獸，還有和人打鬥，甚至命懸一線……我橫渡了數千英里的海洋……這一路上，我一次又一次逃過死劫……最後，**最後**，我終於親眼看到大家想像中的夢幻大陸，那根本不是虛構國度……美洲**真的**存在！

世界看起來很平，但實際上它並沒有和鬆餅一樣扁平，邊緣也沒有瀑布。我們生活在一顆巨大的球體上，在這顆球上掙扎、歡笑、死亡。

世界，是一顆沒有盡頭的球。

我去過遙遠的西方，親眼看見美洲白色的沙灘與蓊鬱的樹林……但我沒有真正登陸。當時我離美洲很近很近，只要再游幾百公尺，就能踏上美洲的沙灘。

但我沒有游過去。

如果能發現美洲大陸、在那裡打造新帝國，那該有多光榮啊！誰不想名留青史……誰不希望以後的小朋友聽到你的名字，就說：「小嗝嗝·何倫德斯·黑線鱈三世是發現美洲的維京英雄……」

然而，我在終極冒險觸手可及之時，掉頭離開了。

我回到家鄉，選擇了退入歷史暗處、被後世遺忘的平淡之路。

親愛的讀者，你也許會覺得我的冒險沒有成功。

我去到那麼遠的地方……離家好遠好遠好遠……結果到最後一刻，獎品已經近在眼前……我還是沒有發現美洲大陸。

太失敗了！

可是我並不這麼認為。我每次展開冒險，最初的目的和最後的結果都不太一樣。

在那趟冒險途中，我首次找到了「自己」，還有我的宿命。

我們還沒做好建立新世界的準備。

船上載著舊世界所有的問題、煩惱與不公，你怎麼可能在新世界重新來過？

還是面對現實吧，一個名叫「瘋子國」、由諾伯統治的國家，一定會在你唸完「拿著雙刃戰斧的瘋子」這句話前，出現和蠻荒群島一樣的種種問題。

我在這趟旅程學到的教訓是，我們的舊世界有很多很多問題，所以在航行回內海群島那漫長的過程中，我心裡萌生了新的信念。當初跳進大西洋的那個男孩，和三個月、五天又六小時後歸來的男孩很不一樣，我經過西方大海的洗禮，成了與過去迥然不同的人。

我從以前就明白自己總有一天會繼承父親的職位，之前我一直覺得很不甘願，甚至為此生氣，反正我就是不想當族長。現在，我此生第一次想當族長，而且我不只要當族長，還要當「國王」。

我首次意識到，「我」是恐怖陰森鬍真正的繼承人……他想必作夢也沒想到自己會有這麼一個傳人。

我想成為國王，建立新世界——但我的新世界不是在海的另一頭，不是在迷霧中那塊陌生的大陸，而是在「這裡」、在「現在」，在我的家鄉。我要讓蠻荒群島變成不再尊崇暴力的國度，即使是勢力較弱的部族也能在「那東西會議」發言和投票，小孩不必天天擔心自己被狼咬死、被野龍吃掉、被餓死或在戰爭中死亡。在我的新國度，鼻涕粗這種惡霸和瘋子諾伯這種壞人將受到法律制裁，而我身為國王的第一個行動，將會是永遠廢除維京領土的奴隸制……

奴隸印記是非常沉重的負擔，也讓我的任務變得更加艱鉅，但索爾給我這個奴隸印記是正確的決定，我不能把它抹掉，也永遠忘不了我當初的諾言，因為這個藍紫色印記就在我的頭側，時時刻刻提醒我要守信。也許所有的國王都該印上奴隸印記，讓他們記得自己是人民的奴隸，不該去奴役人民。也許這麼一來，他們就不會忘記弱小無助的小孩有什麼感受。

對未來的讀者而言，我的願景也許不夠創新，但你別忘了，我從小生長在一個野蠻的世界，在這裡，一個滿頭紅髮、不怎麼特別的男孩相信自己能改變世界，是非常了不起的事。

當時，我還不曉得我為自己設定的目標有多遠大，這比橫渡大西洋又回到蠻荒群島困難得多……如果我和父親一樣，照著前人的腳步走，看到不公平的事情就聳聳肩，看到糟糕的事情就睜一隻眼、閉一隻眼，那應該很輕鬆吧……但那不是我該走的路。我的故事，是憑努力成為英雄的故事。

我們其實和瘋子諾伯沒有差太多，我們都靠想像中的新世界支撐自己走下去，我自己在努力時也經常想到那片美麗的白灘。我這輩子都在奮鬥，努力創建更好的新世界供族人生活，努力讓我們進步，做好再次橫渡大海、回到那塊神祕大陸的準備。

我們還沒準備好，或許永遠都沒有準備好的一天，但比起我小時候，我們已經進步了一點點。

我現在很老、很老了，我創建的世界不再需要龍族，他們隨著狼群、狂戰士與我童年遇到的怪獸，全都離開了我的文明世界。

不過在我的睡夢中，我不再是偉大的君王，而是個小孩子。身為小孩的我登上長船，船帆如龍翼般展開，我航向大海很遠很遠的彼岸。

我們航行很久、很久，距離遠得不可思議。如果這是場好夢，我會再次望見遠方的白沙灘、綠樹，以及最藍、最美的天空。我一直

航行、航行、航行……永遠沒有到達……
弱者得不到光榮，
得不到遠方那
閃亮的寶貴陸地，
噢偉大勇敢又強大的索爾，
希望那是曾看過的陸地，
很久以前……曾經看過的……

喝！

這是很感人沒錯，問題是，小嗝嗝該怎麼永遠死守奴隸印記的祕密呢？萬一祕密被鼻涕粗發現了，小嗝嗝連「族長」都當不成，更別說是當「國王」。

還有，你有沒有想過，魚腳司為什麼沒有家人？

那個瘋瘋癲癲的發明家——瘋子諾伯——真的就這麼死了嗎？那上次被火龍吞下肚，消失在火山裡的「奸險的阿爾文」、小嗝嗝一生的宿敵，會不會再回來？

我有種不好的預感，總覺得阿爾文沒有死，至於他怎麼可能還活著，只有雷神索爾知道了……

敬請期待小嗝嗝的下一本回憶錄：《馴龍高手VIII：龍王狂怒之心》

問題好多，
答案
卻很少……

國家圖書館出版品預行編目資料

馴龍高手VII：巨魔龍與奴隸船 / 克瑞希達．科威爾（Cressida Cowell）作；朱崇旻譯. -- 1版. -- [臺北市]：尖端出版, 2019. 7
冊；　公分
譯自：How to ride a dragon's storm
ISBN 978-957-10-8620-0（平裝）

873.59　　108007920

奇炫館

馴龍高手VII：巨魔龍與奴隸船

（原名：How to ride a dragon's storm）

著　　者／克瑞希達．科威爾（Cressida Cowell）
封面內頁插畫／克瑞希達．科威爾（Cressida Cowell）
發 行 人／黃鎮隆
總 經 理／陳君平
經　　理／洪琇菁
總 編 輯／呂尚燁
執行編輯／許晶翎、劉銘廷

譯　　者／朱崇旻
美術編輯／陳聖義
企劃宣傳／邱小祐、劉宜蓉
國際版權／黃令歡、梁名儀
文字校對／施亞蒨
內文排版／謝青秀

出　　版／城邦文化事業股份有限公司　尖端出版
台北市中山區民生東路二段一四一號十樓
電話：（〇二）二五〇〇－七六〇〇
傳真：（〇二）二五〇〇－二六八三
E-mail：7novels@mail2.spp.com.tw

發　　行／英屬蓋曼群島商家庭傳媒股份有限公司城邦分公司　尖端出版
台北市中山區民生東路二段一四一號十樓
電話：（〇二）二五〇〇－七六〇〇（代表號）
傳真：（〇二）二五〇〇－一九七九

中彰投以北經銷／楨彥有限公司（含宜花東）
電話：（〇二）八九一九－三三六九
傳真：（〇二）八九一四－五五二四

雲嘉經銷／威信圖書有限公司　嘉義公司
電話：（〇五）二三三－三八五二
傳真：（〇五）二三三－三八六三

南部經銷／威信圖書有限公司　高雄公司
客服專線：〇八〇〇－〇二八－〇二八
電話：（〇七）三七三－〇〇七九
傳真：（〇七）三七三－〇〇八七

香港經銷／城邦（香港）出版集團有限公司
香港灣仔駱克道一九三號東超商業中心1樓
電話：（八五二）二五〇八－六二三一
傳真：（八五二）二五七八－九三三七
E-mail：hkcite@biznetvigator.com

新馬經銷／城邦（馬新）出版集團Cite（M）Sdn. Bhd.
E-mail：cite@cite.com.my

法律顧問／王子文律師　元禾法律事務所
台北市羅斯福路三段三十七號十五樓

二〇一九年七月初版一刷
二〇二一年五月初版二刷

■中文版■

郵購注意事項：
1. 填妥劃撥單資料：帳號：50003021戶名：英屬蓋曼群島商家庭傳媒(股)公司城邦分公司。2. 通信欄內註明訂購書名與冊數。3. 劃撥金額低於500元，請加附掛號郵資50元。如劃撥日起 10～14日，仍未收到書時，請洽劃撥組。劃撥專線TEL：(03) 312-4212 ・ FAX：(03) 322-4621。E-mail：marketing@spp. com. tw